the War ends the world /
raises the world

너와 나의 최후의 전장, 혹은 세계가 시작되는 성전

6

"세 자매가 한 지붕 아래에
모여 합숙하다니.
기쁘구나."

일리티아 루 네뷸리스 9세
Iletear Lou Nebulis IX

네뷸리스 황청의 여왕 밀라베어의 장녀. 앨리스
제와 시스벨의 언니. 아름다운 금빛 에메랄드
린 빛깔의 머리카락과, 앨리스리제보다 더 볼
감 있는 굉장한 몸매의 소유자.

앨리스리제 루
네뷸리스 9세
Aliceliese Lou Nebulis IX

네뷸리스 황청의 제2왕녀.
목숨을 위협받는 여동생 시스벨을 걱정하다가,
결국 이스카 일행이 있는 루 가문의
별장에 와서 합류하는데……

"나와 동침하는 것……
이 아니라, 내 옆에서 자는 것을
특별히 허가해줄게!"

"이스카와 동침할 권리는
저에게 있어요!"

시스벨 루 네뷸리스 9세
Sisbell Lou Nebulis IX

네뷸리스 황청의 제3왕녀. 네뷸리스 왕궁으로
서둘러 가는 도중에 일리티아 언니에게 잘못
걸려, 루 가문의 별장으로 끌려가는데······.

the War ends the world / raises the world

CONTENTS

the War ends the world /
raises the world

너와 나의 최후의 전장, 혹은 세계가 시작되는 성전 6

사자네 케이 지음

한수진 옮김

커버 그림, 본문 일러스트 | 네코나베 아오

너와 나의 최후의 전장,
혹은 세계가 시작되는 성전 6

the War ends the world /
raises the world

fears deus E soliz duskis kamyu ?
당신의 맨얼굴을 언제까지 과거로 가릴 거야?

Phi riris tis- sek.
약속했던 사람이 당신을 찾고 있어.

bekwist Eʑ rein dusk, phi pheno nec arc.
당신이 과거에 매달리니까, 사랑하는 사람도 당신을 알아보지 못하는 거야.

마녀들의 낙원

「네뷸리스 황청」

앨리스리제 루 네뷸리스 9세
Aliceliese Lou Nebulis IX

네뷸리스 황청의 제2왕녀. 가장 유력한 차기 여왕 후보. 얼음을 다루는 최강 성령술사. 제국에서는 「빙화의 마녀」라고 불리는 공포의 대상. 황청 내부의 온갖 음모에 염증을 느끼고 있으며, 전장에서 만난 적국의 검사인 이스카와 정정당당하게 싸우기를 기대하고 있다.

린 뷔스포즈
Rin Vispose

앨리스의 시종. 흙의 성령 사용자. 가정부 같은 옷 아래에 암기를 숨기고 다니는 유능한 암살자. 평소에 무표정한 편이라서 무슨 생각을 하는지 알기 어려운데, 가슴 크기에는 열등감을 느끼는 듯하다.

시스벨 루 네뷸리스 9세
Sisbell Lou Nebulis IX

네뷸리스 황청의 제3왕녀. 앨리스리제의 여동생. 과거에 일어난 사건을 영상과 음성으로 재생하는 「등불」의 성령을 지녔다. 과거에 제국에 붙잡혔다가 이스카의 도움을 받았다.

가면 경 온
On

루 가문과 차기 여왕 자리를 놓고 경쟁하는 조아 가문의 일원. 속마음을 알 수 없는 책략가.

키싱 조아 네뷸리스
Kissing Zoa Nebulis

조아 가문의 비밀 병기. 강력한 성령술사. 「가시」의 성령을 지니고 있다.

샐린저
Salinger

여왕 암살 미수죄로 감옥에 갇혀 있었던 최강의 마인. 현재는 탈옥 중.

일리티아 루 네뷸리스 9세
Elletear Lou Nebulis IX

네뷸리스 황청의 제1왕녀. 대외 활동에 열중하느라 자주 왕궁을 비운다.

기계로 된 이상향

「천제국」

이스카
Iska

제국군 인류 방위기구, 기구 Ⅲ사(師) 제907부대 소속. 과거에 사상최연소로 제국의 최고 전력 「사도성(使徒聖)」 자리에 올랐지만, 마녀를 탈옥시킨 죄로 그 자격을 박탈당했다. 성령술을 차단하는 흑강의 성검과, 마지막으로 벤 성령술을 딱 한 번 재현하는 백강의 성검을 가지고 있다. 평화를 위해 싸우는 올곧은 소년 검사.

미스미스 클라스
Mismis Klass

제907부대 대장. 얼굴이 엄청나게 앳되어서 청소년처럼 보여도 실은 어엿한 성인 여성. 덜렁이지만 책임감이 강하고, 부하들에게도 신뢰를 받고 있다. 볼텍스에 빠지는 바람에 마녀로 변했다.

진 슐라건
Jhin Syulargun

제907부대 저격수. 귀신같은 저격 솜씨를 자랑한다. 이스카와 같은 스승님 밑에서 동문수학한 질긴 인연의 소유자. 성격은 차갑고 냉소적이지만, 동료를 아끼는 마음은 뜨겁다.

네네 알카스토네
Nene Alkastone

제907부대 기계 기술자. 병기 개발의 천재. 아득히 높은 곳에서 철갑탄을 발사하는 위성 병기를 조종한다. 실은 이스카를 친오빠처럼 잘 따르는 천진난만하고 사랑스러운 소녀.

리샤 인 엠파이어
Risya In Empire

사도성 서열 제5위. 통칭 「만능 천재」. 검은 테 안경을 쓰고 양복을 입은 미녀. 학교 동기인 미스미스를 마음에 들어 한다.

네임리스
Nameless

사도성 서열 제8위. 광학 위장복으로 머리부터 발끝까지 온몸을 가리고, 전자화된 음성으로 이야기하는 남자. 자객 부대 출신. 초인적인 신체 능력의 소유자.

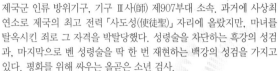

Prologue
『소식』

the War ends the world /
raises the world

마녀의 낙원 「네뷸리스 황청」.

왕궁──.

부드러운 아침 햇살이 커다란 홀을 비추고 있었다.

싱싱한 초록빛 관엽식물과 포도주색 융단으로 장식된 이 공간은 「마녀」라는 멸칭을 부정하고도 남을 만큼 웅장하고 아름다웠다.

······그래야 했다.

제2왕녀 앨리스리제가 기억하는 「여왕의 방」은 성령의 힘으로 축복받은 신성한 공간이며, 이 나라를 상징하는 것 중 하나였다.

그런데.

"······정말로 이런 일이 일어나다니."

바닥에 깔린 융단은 불타서 너덜너덜해졌고.

측면의 스테인드글라스는 무참하게 부서졌다. 창문을 가리던 반투명한 레이스커튼도 까만 숯덩이로 변해버렸다.

여왕 암살 계획.

네뷸리스 여왕의 목숨을 노린 쿠데타의 흔적이었다.

"여왕님들이 대대로 이용하시며 국민에게도 사랑받는 이 홀에서 어떻게 이런 일이······."

앨리스는 입술을 꼭 깨물었다. 끓어오르는 분노를 필사적으로 참았다.

앨리스리제 루 네뷸리스 9세——이 네뷸리스 황청의 제2왕녀인 이 소녀의 이름을 모르는 국민은 하나도 없을 것이다.

은은하게 빛나는 매끄러운 금빛 머리카락. 기품이 넘치는 루비처럼 붉은 눈동자.

당당하고도 청초한 외모. 아직 열일곱 살밖에 안 되었는데도 일찍 성숙해져서 올록볼록한 곡선으로 이루어진 몸매. 사랑스러운 미모는 완벽한 공주님 그 자체였다.

"…………."

앨리스는 말없이 참극의 흔적을 자세히 살펴봤다.

이것은 국가 전복을 노린 쿠데타였다. 그리고 목숨을 위협받은 여왕은 바로 앨리스의 어머니였다.

……예상은 했지만 정말 엄청난 모습이구나.

……어마마마께서 폭발을 막아내지 않으셨다면 더 끔찍한 참상이 벌어졌겠지.

다행히 여왕은 무사했다.

사건 당시 여왕과 함께 이 방에 있었던 부하들도 다치긴 했지만 이 참상과 비하면 비교적 멀쩡했다.

여왕의 성령술이 폭발을 상당히 억눌렀기 때문이다.

"이 홀에서 사건이 일어난 이상, 어마마마를 노린 범인은 왕족 중 누군가일 수 밖에 없어. 친척 사이에 범인이 있다니……."

"앨리스. 고생 많았어요."

여왕의 방의 문이 열렸다.

앨리스의 어머니 네뷸리스 8세가 호위병 두 명을 거느리고 여왕의 방으로 들어왔다.

"어마마마, 무사하셔서 다행입니다. 진심으로 걱정했어요."

"……그렇게 많이 걱정했나요?"

그런데 여왕은 딸의 반응을 보고 묘한 표정을 지었다.

"나도 소싯적에는 꽤 멋지게 활약한 성령술사였는데요. 제국군이 내 모습을 보자마자 도망쳤다는 무용담도 아주 많이————아니, 관둡시다. 이번에는 상당히 위험했어요."

여왕이 살짝 한숨을 쉬었다.

수면 부족인 걸까. 피로해서 눈 주변이 약간 거무스름하게 변해 있었다.

"쿠데타가 일어난 지 오늘로 사흘. 폭발이 일어난 건 이 홀이지만 그건 우연이었을 뿐, 노리던 곳이 침실일 수도 있었습니다. 욕실이었을 수도 있고요. 언제 또다시 습격당할지 몰라서 경계하느라 잠을 통 잘 수가 없군요."

"저, 어마마마. 이제 괜찮습니다. 제가 있으니까요!"

"그렇군요. 솔직히 말해 마음이 놓입니다."

가볍게 미소 짓는 여왕.

그러나 금세 표정을 굳히더니, 유리가 없는 천창을 쳐다봤다.

"그리고. 정말 잘했어요. 시스벨을 공격한 모반자를 체포한 것은 이 상황에서 우리가 할 수 있는 최선의 반격이었습니다. 그자는 이 쿠데타의 범인과 동일범일 가능성이 높으니까요."

"네. ······그런데 어마마마, 시스벨을 공격한 범인은······."

"히드라 가문의 비소와즈라고 했죠."

"······네."

"시스벨, 재미있는 것을 보여줄까?"

"네가 왕궁에서 본『괴물』말이야. 대충 이렇게 생기지 않았어?"

이 녀석은 인간이 아니었어——.

앨리스가 현장에 달려갔을 때, 제국 검사 이스카는 그렇게 말했다.

앨리스가 도착했을 때 이미 비소와즈는 힘이 다하여 인간 형태로 돌아와 있었지만, 시스벨을 공격했을 때에는 완벽한 괴물이었다고 했다.

······나는 그 모습을 보지 못했기에 솔직하게 말하자면 믿을 수 없었다.

······하지만 린도 그 모습을 봤다고 했다.

시스벨과 이스카와 린이 목격했다는「마녀 비소와즈」.

이 왕궁이 있는 중앙주까지 비소와즈를 데려오는 동안에도 앨리스는 경계를 늦추지 못했다. 비소와즈가 언제 이형의 괴물로 변할지 몰라서.

"어마마마. 히드라 가문의 반응은 어땠습니까?"

"물론 혐의를 부인했습니다. '우리 일족은 관여하지 않았다. 비소와즈의 단독범행이다'라는 주장만 되풀이하고 있어요. 범행이 명백히 밝혀지기 전에는 히드라를 투옥할 수가 없으니, 근신 처분을 내리는 게 최선이었습니다."

물론 앨리스는 여왕에게 비소와즈가 괴물로 변신했다는 것도 보고했다. 그러나 정작 앨리스도 직접 보지 못한 탓에 확실하게 설명할 도리가 없어서 답답했다.

······히드라 가문은 틀림없이 쿠데타와 연관이 있을 것이다.

······그러나 히드라 가문은 이번 일을 비소와즈의 독단적 행위로 치부했다.

꼬리 자르기였다.

시스벨을 직접 공격한 범인에게 모든 책임을 떠넘김으로써 히드라 가문을 보호한 것이다. 그쯤이야 쉽게 상상이 갔다.

"어마마마, 조아 가문은 어떻게 되었습니까?"

"조아 가문도 아직은 용의자 선에서 멈춰있습니다. 현재 쿠데타의 범인에 관해서는 세 가지 가능성이 존재합니다."

여왕은 여전히 천창을 우러러보며 이야기했다.

"최초의 용의자는 조아 가문이었습니다. 그리고 시스벨을 습격한 범인이 비소와즈였기 때문에 히드라 가문도 새로운 용의자가 되었습니다. 여기까지가 둘입니다. 그럼 앨리스, 나머지 하나가 뭔지는 당신도 알 테죠?"

"……조아 가문과 히드라 가문이 공범일 가능성인가요?"

"그래요. 물론 둘이 손을 잡으리라고는 생각할 수 없으니 결국 조아 가문이나 히드라 가문, 둘 중 하나가 쿠데타의 주범일 겁니다. 모두 한 핏줄이라는 점을 생각하면 가슴 아픈 일이지만, 루 가문이 번영할 수 있는 절호의 기회이기도 하죠."

여왕은 콘클라베(여왕 성별 의식)를 염두에 두고 말한 것이리라.

차기 여왕을 결정하는 선거전.

쿠데타의 진범을 찾아내면 루 가문에 대한 믿음이 강해지고, 조아 가문과 히드라 가문에 대한 믿음은 땅에 떨어질 것이다.

"하지만, 어마마마. 아직 결정적인 증거가……."

"그건 시스벨이 돌아오면 해결될 문제입니다. 그 아이의 능력으로 사건을 재현하면 모든 것이 밝혀질 테니."

여왕은 지금 이곳에 없는 셋째 딸 시스벨의 이름을 입에 올렸다.

과거의 사상(事象)을 비디오처럼 영상으로 보여주는「등불」의 성령. 시공 간섭 계열이라고 불리는 희귀한 성령술 중 하나였다.

"앨리스, 그 아이는 아직 리스바텐에 있죠?"

"네. 비소와즈의 습격을 받은 뒤, 다음 습격에 대비해 몸을 숨겼습니다. 린이 지켜보고 있으니 쉽게 잃어버리진 않을 겁니다."

실은 또 다른 호위병들도 있었다.

시스벨이 기막히게도 제국 부대를 고용한 것이다. 그 사실은 여왕에게는 알릴 수 없었다. 루 가문이 제국과 유착했다는 소문이 나면 곤란하니까.

……이스카가 곁에 있으니 쉽게 습격당하진 않을 것이다.

……시스벨이 이스카에게 이상한 짓을 할지도 모른다는 것이 좀 걱정되지만.

제3왕녀 시스벨은 현재 대기 중이었다.

중앙주로 돌아온 시스벨의 시종 슈바르츠가 여왕님을 알현하고 계획을 세운다. 그 후 여왕님의 주도하에 시스벨은 안전하게 귀환한다.

그러면 루 가문은 승리한다.

시스벨의 능력으로, 쿠데타에 가담한 조직을 통째로 적발할 수 있을 것이다.

"어마마마. 슈바르츠와는 이미 만나셨나요?"

"앨리스. 그 아이의 시종은 언제쯤 이 성에 도착할까요?"

두 사람의 목소리가 겹쳐졌다.

그리고.

"…………네?"

앨리스는 놀라서 입을 딱 벌렸다.

이게 무슨 일이지?

시스벨의 시종 슈바르츠는 사흘 전에 중앙주에 도착했다. 시스벨 본인이 그렇게 말했으니까, 그건 틀림없는 사실일 것이다.

"저, 어마마마. 그게 무슨 말씀이세요?"

"앨리스, 당신이야말로…… 무슨 말을 하는 겁니까?"

어리둥절하는 여왕.

뒤에 서 있는 호위병 두 명도 놀라움을 감추지 못하고 눈을 휘둥그렇게 떴다.

　"저는, 당연히 어마마마께서 슈바르츠와 이미 만나신 줄 알았는데요?"

　"아닙니다. 나는 언제든지 그가 왕궁에 돌아오면 맞이하려고 쭉 기다리고 있었습니다. 이번에 당신과 함께 오나 보다 했는데……."

　여왕의 눈빛이 점점 날카로워졌다.

　"앨리스. 당신은 시스벨과 만났죠? 그 아이가 뭐라고 하던가요?"

　"슈바르츠가 중앙주에 도착했으니까 그의 연락을 기다릴 거라고 했습니다."

　"중앙주에 도착했다고요? 그게 언제입니까?"

　"……사흘 전입니다."

　그렇다.

　공교롭게도 여왕 암살 쿠데타가 발생한 날이었다.

　슈바르츠가 중앙주에 도착한 것은 그날 오후. 쿠데타는 그날 밤에 일어났다.

　"……묘하군요. 당신들은 뭔가 알고 있나요?"

　여왕이 호위병 두 명을 돌아봤다.

　그러나 그들도 그저 조심스럽게 고개를 흔들 뿐이었다.

　"여왕님. 송구하오나 저희도 슈바르츠를 보지 못했습니다."

　"왕궁의 부하들에게도 확인차 물어보겠습니다만, 아마 성안에서는 찾지 못하리라 생각합니다."

그 의미는 무엇인가.

중앙주에 도착한 시스벨의 사자가 왕궁에는 도착하지 못했다.

"여왕님. 누군가가 방해를……."

"네. 여왕을 직접 노릴 정도로 대담한 자들이니 시스벨의 시종을 납치하는 일쯤은 죄책감 없이 해치웠을 테지요. 그가 이미 붙잡혔다고 보는게 맞을 것 같군요."

침묵이 흘렀다.

차가운 긴장감이 점점 심해지는 가운데, 앨리스, 여왕, 여왕의 호위병 두 사람은 모두 다 똑같은 생각을 하고 있었다.

……과연 누가 슈바르츠를 납치할 수 있단 말인가.

……그는 첩보 부대에도 몸담았던 성령술사다. 애초에 찾아내기조차 쉽지 않을 터인데.

조아 가문이나 히드라 가문의 소행인가?

아니다. 그 두 가문의 힘으로도 은밀 행동 중인 슈바르츠를 방해하기는 어렵다. 만약 그런 일이 가능한 사람이 있다면 그건 슈바르츠를 잘 알고 있는 루 가문과 가까운 사람뿐이다.

이를테면──.

"여왕 폐하."

노래하는 듯한 고운 목소리.

경쾌한 발소리를 내면서 또 한 명의 왕녀가 여왕의 방 안으로 들어왔다.

"일리티아……?"

"여기 계셨군요. 상담하고 싶은 일이 있어서 여왕님 방에 갔더니 안 계셔서 찾아다녔어요."

일리티아 루 네뷸리스 9세.

이곳에 있는 모든 사람의 주목을 받으면서 그 아름다운 왕녀가 이쪽으로 걸어왔다.

구불구불 굽이치는 아름다운 금빛 에메랄드그린 머리카락.

앨리스보다도 더 큰 키. 그리고 앨리스보다도 한층 더 성숙해진 가슴은 드레스 가슴팍에서 거부할 수 없는 매력을 뿜어내고 있었다.

마녀——.

성령을 지닌 자와는 또 다른 의미로, 이 요염한 일리티아의 미모는 스무 살이란 나이만큼 성숙해져서 한층 강한 마성(魔性)을 지니게 되었다.

"후후. 여왕 폐하?"

일리티아가 입을 열었다.

"시스벨의 사자는 왔나요?"

"＿＿＿＿＿＿＿＿."

숨이 막혔다.

마치 저주에 걸린 것 같았다.

장녀 일리티아——조아 가문과 손잡았다는 의심을 받고 있는 이 왕녀가 스스로 그런 말을 할 줄이야.

"시스벨이라면 이미 왕궁으로 사자를 보냈겠죠. 시종이든, 용병이든. 누가 됐든지 이제 슬슬 도착할 때가 되지 않았나요?"

"……아직 안 왔습니다."

여왕이 낮은 목소리로 대꾸했다.

"일리티아."

"네."

"당신이야말로 뭔가 알고 있는 게 아닙니까? 혹시 그 아이의 사자가 왕궁에 도착했다는 소식이라도 들었나요?"

"아니요."

장녀는 여전히 미소 지으며 즐거운 목소리로 대답했다.

"여왕 폐하. 느긋하게 기다리시면 될 거라고 생각합니다."

"느긋하게? 이 상황에서 느긋하게 기다리라니, 다소 부적절한 말인 것 같군요. 일리티아."

"네. 물론 그렇지요. 저는 그저 초조해하지 마시라는 뜻으로 그렇게 말씀드린 거예요. 그리고——."

자기 뺨을 손으로 감싸는 제1왕녀 일리티아.

흥분하여 핑크빛으로 상기된 뺨을 숨기는 시늉을 하면서 말을 이었다.

"누군가가 사랑스러운 여동생을 마중하러 가야 하지 않겠어요?"

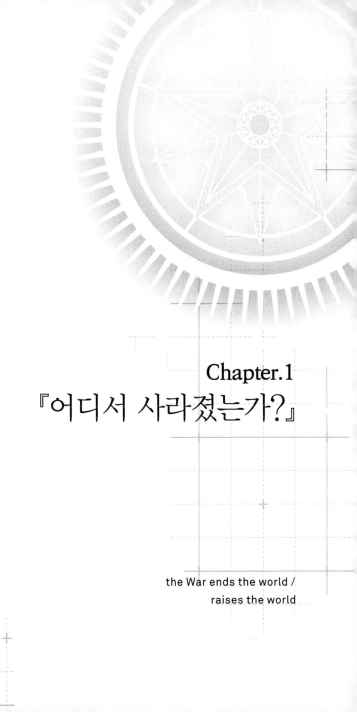

Chapter.1
『어디서 사라졌는가?』

the War ends the world /
raises the world

1

네뷸리스 황청, 제8주 리스바텐.

황청 국경에 있는 도시 중 하나.

과거에 독립국가였던 이 도시는 주위의 다른 나라와도 활발하게 교류하고 있었다. 시내 풍경도 중립도시와 매우 비슷했다. 깨끗한 돌바닥은 통학 중인 청소년들로 북적북적했고, 그 옆의 차도에서는 통근 차량이 오가고 있었다.

그러나──.

호텔의 어느 방에서 내려다본 그 거리에서는, 무서운 표정으로 돌아다니는 경비대의 모습도 눈에 띄었다.

"이스카 오빠, 이 호텔 로비에도 경비대가 왔어. 투숙객 중에 수상한 인물이 없나 순찰하면서 확인 중인 모양이야."

"네네, 넌 괜찮았어?"

"응. 재빨리 위층으로 도망쳤어."

"……들켰으면 변명의 여지도 없을 만큼 제일 수상한 짓을 했구나."

이스카는 방으로 돌아온 네네에게 그렇게 대꾸하고 거실을 둘러봤다.

테이블 옆 의자에 앉은 사람은 네네――선명한 붉은 머리카락을 하나로 묶은 소녀.

그 옆에서는 은발 저격수 진이 자기 총을 정비하고 있었다.

……미스미스 대장님은 점심밥을 사러 갔을 것이다.

……황청에 들어온 지 벌써 며칠이 지났지만, 우리 제907부대는 어떻게든 잘 지내고 있었다.

기계로 된 이상향 「제국」.

마녀의 낙원 「네뷸리스 황청」.

두 강대국은 100년에 걸친 전쟁을 계속하고 있었다.

이 상황에서 제국군이 황청에 침입했다는 사실이 알려지면 큰일 날 것이다. 경비대가 즉시 우리를 포위할 테지.

"걱정하지 마. 어차피 저 경비대는 제국 부대를 찾고 있는 게 아니니까."

진이 총 점검을 마치고 혼잣말하듯이 중얼거렸다.

"저놈들은 제국에 신경 쓸 여유가 없어. 네뷸리스 왕궁에서 여왕 암살 미수 사건이 발생한 지 나흘밖에 안 됐으니까. 덕분에 경비도 삼엄해졌지만 무색하게도 이틀 전에 여기 제8주에서 폭파 사건이 일어났지. 심지어 그 대상은 여왕의 측근이고."

그게 바로 이스카 옆에 앉아 있는 소녀였다.

옆이라고 하기엔 지나치게 가까웠다. 소녀는 가녀린 어깨를 이스카의 팔에 딱 붙인 채 고개를 숙이고 있었다.

"시스벨."

"…………."

불그스름한 금발 머리 소녀는 대답하지 않았다.

대답하고 싶어도 대답할 기운이 없나 보다.

시스벨 루 네뷸리스 9세.

이 소녀는 제907부대 사람들 앞에서는 「여왕의 측근」인 척하고 있지만, 오직 이스카만은 그 정체를 알고 있었다. 네뷸리스의 제3왕녀. 그리고 제907부대는 시스벨을 호위하기 위해서 고급 호텔 객실에 숨어 있었다.

"마음이 편치 않은 것은 이해해. 하지만 밥은 먹어야지. 어제부터 아무것도 안 먹었잖아. 최소한 빵 하나라도 먹어."

"……식욕이 없어요."

건조한 소녀의 목소리.

"걱정하지 마세요. 전 지금 평온해요. 한두 끼 식사를 거르더라도 아무 문제 없습니다."

"알았어. 그럼 어제 일은 그냥 넘어갈게. 그 대신 약속해줘. 미스미스 대장님이 점심밥을 사올 테니까 오늘부터는 꼭 먹어. 알았지?"

"…………."

"제국 부대를 호위병으로 고용하고 싶다면서 거래를 제안한 건 너잖아. 나도 최선을 다해 응하고 있으니, 너도 성의를 보여줘."

그러자 시스벨이 말없이 고개를 끄덕거렸다.

하지만 그 후에는 또다시 이스카에게 기대면서 고개를 푹 숙였다.

……그럴 수밖에 없었다. 불과 사흘 전 어머니인 여왕이 습격당했고, 곧바로 자신도 습격당했다.

……**게다가 시종과의 연락도 끊겼다.**

시종 슈바르츠라는 노인.

시스벨이 어머니 이외에 유일하게 신뢰하던 시종이었다. 그런데 나흘 전, 그는 중앙주에 도착했다는 말만 남기고 연락이 끊겨버렸다.

원래 여왕과 접촉해서 안전한 귀환 루트를 결정하고 이쪽에 연락할 예정이었는데.

"어쨌든 이제 슬슬 움직여야 해. 보스가 돌아오면 다 같이 의논해서 작전을 변경하는 게 좋겠어."

진이 또다시 중얼거렸다.

지금까지는 쭉 혼잣말을 했지만, 이번에는 명확하게 누군가를 향한 말이었다.

"네 시종은 아마 여왕을 알현을 실패했을 거다. 중앙주에 도착해 왕궁으로 들어가기 직전에 누군가가 그를 방해했을 테지."

"슈바르츠가 적에게 당했다는 건가요?!"

시스벨이 벌떡 일어났다.

예쁜 얼굴을 일그러뜨리면서 날카롭게 진을 쏘아봤다.

"무, 무례하군요! 말도 안 되는 소리 하지 마세요. 슈바르츠는 우수한 밀정입니다. 단지 왕궁에 들어가는 데 시간이 좀 걸리는 것뿐이에요. 틀림없이——."

"적은 괴물이다."

"……!"

"비소와즈라고 했나? 너를 공격한 그 녀석은 누가 봐도 인간이 아닌 괴물이었어. 그 할아범이 무능하다든가, 멍청한 실수를 했다는 게 아니라 **상대가 너무 강한 거다**. 그놈들은 대놓고 여왕을 암살을 시도했는데도 아직 체포되지 않았어."

시스벨이 입술을 깨물었다.

은발 저격수는 그 모습을 보고도 여전히 담담하게 이야기를 계속했다.

"여왕의 방이란 것이 어떤 구조로 되어 있는지는 모르겠다만, 놈들은 왕궁 한복판에서 쿠데타를 일으키고도 아직 붙잡히지 않았다. 범인이 왕궁을 잘 알고 있다는 뜻이지. 네 말대로 십중팔구 왕가와 가까운 인물일 거다."

"……네, 맞아요."

"그러니 그놈들은 당연히 네 계획도 쉽게 알아냈을 테지. 슈바르츠라는 할아범이 왕궁에 들어가는 루트도 파악했을 테고. 그렇게 생각하는 편이 현명할 거다."

"…………."

시스벨은 반론하지 않았다.

천장을 우러러보더니, 이윽고 힘이 빠진 것처럼 소파에 털썩 앉았다.

"……백번 양보해서 그렇다 쳐도, 작전 변경이라니요. 그게 구체적으로 무슨 뜻입니까."

"양자택일."

진이 빠르게 대답했다.

"우리가 이 나라에 머물 수 있는 기간은 이제 20일 정도 남았어. 그동안 할아범의 연락을 계속 기다리느냐, 아니면 우리끼리 먼저 움직이느냐."

"딱 이틀. 오늘과 내일만."

"뭐?"

진이 반사적으로 물어봤다.

그만큼 시스벨의 말투가 단호했기 때문이다.

"딱 이틀만 더 기다려보고, 슈바르츠의 연락이 없으면 저희끼리 중앙주로 갑시다. 이스카, 그래도 되죠?"

"……신속한 결정이네."

"미리 정해놨던 거니까요."

시스벨은 피식 쓴웃음을 지었다.

"적이 방해하지 않더라도, 슈바르츠가 불의의 사고를 당할 가능성은 분명히 있었습니다. 그래서 처음부터 정해놨어요. 기간은 딱 일주일이라고."

"일주일 동안 저에게서 연락이 오지 않으면——."

"아가씨. 저는 신경 쓰지 마시고 왕궁으로 가십시오. 모쪼록 주의하시면서."

시종 슈바르츠가 이곳을 떠난 지 7일.

진이 압박하지 않아도, 이 왕녀는 내일이 되면 스스로 결단을 내렸을 것이다.

"내일모레 출발할 겁니다. 내일 제가 중앙주로 가는 열차를 예약할 테니, 여러분도 그렇게 알고 계세요."

시스벨은 벽시계를 힐끗 봤다.

오전 열한 시 반.

"미스미스 대장이 돌아올 때까지 복도에 나가서 산책하고 올게요. 이스카. 따라와주세요."

둘이서 복도로 나갔다.

그들은 호텔 엘리베이터로 향했다. 그걸 타고 두 층 올라가서 내렸다. 그곳에는 낯익은 갈색 머리칼의 소녀가 서 있었다.

"시스벨 님. 기다리고 있었습니다."

"린⋯⋯."

앨리스의 시종인 린.

그 얼굴을 보자마자 시스벨이 노골적으로 어두운 표정을 지었다.

린은 시스벨의 슈바르츠와 비슷한 존재인데, 이 린이라는 소녀는 호위 및 첩보에도 능한 전투원이기도 했다.

……시스벨은 아직 언니인 앨리스를 의심하고 있었다. 혐의가 풀리지 않았다.

……여왕을 노린 쿠데타의 공범일지도 모른다고 의심했다.

이처럼 앨리스를 위험시하고 있으므로, 앨리스의 시종 앞에서도 경계를 풀지 못했다.

그게 시스벨의 솔직한 심정일 것이다.

"린. 이제 그만하세요. 날마다 두 번씩 이렇게 당신을 만나는 것도 지겹습니다. 저를 **감시**하는 것은 백번 양보해서 참아줄 수 있지만요. 저는 한시라도 빨리 어마마마를 뵈러 가고 싶습니다."

"시스벨 님. 실례지만 저는 감시가 아니라 호위를 하는 겁니다."

"앨리스 언니가 명령한 거잖아요?"

"네."

"저는 그 앨리스 언니를 믿지 못하겠어요."

"…………."

린은 난처한 표정으로 잠시 입을 다물었다.

"……저는 오늘 여왕 폐하의 말씀을 전해드리러 온 것입니다."

"뭐라고요? 아, 미리 말해두지만 거짓말해봤자 소용없어요. 저의 성령으로 나중에 당신의 대화 장면은 얼마든지 『재현』할 수 있으니까요."

"네. 그 능력에 관한 이야기입니다."

린이 음성을 낮췄다.

여기는 호텔 복도다. 주위에서 인기척이 느껴지지 않는다는 것은 이스카도 알고 있었지만, 그래도 누가 언제 지나갈지 몰랐다.

"여왕 폐하께서 말씀하셨습니다. '히드라 가문의 비소와즈가 인간이 아닌 괴물로 변신한 사건. 그것을 신하들에게 보여주는 증거가 필요하다'고요."

"네. 그래서?"

"영상 촬영을 부탁드리고 싶습니다만——제국 검사."

린이 손에 들고 있던 물건을 이쪽으로 던졌다. 가전제품 매장에서 구매한 듯한 새 비디오카메라였다.

"네가 촬영해라. 엊그제 만났던 비소와즈의 모습을 시스벨 님의 성령술로 재현할 수 있으니까. 그것을 기록해줘."

"왕궁으로 가져가려고?"

"그렇다. 히드라 가문을 추방하려면 충분한 증거가 필요……아, 아니. 실언했군. 너하고는 상관없는 일이니 신경 쓰지 마라."

고개를 반대쪽으로 홱 돌리는 앨리스의 시종.

시스벨은 그런 린의 태도를 너그럽게 봐주지 않았다.

"이봐요, 린. 이스카는 제 부하입니다. 무례하게 대하지 마세요."

"아니, 난 부하가 아니라 호위병인데."

"이미 이스카는 저와 영원한 주종관계를 맺기로 맹세했습니다. 이스카를 모욕하는 건 절 모욕하는 것과 같습니다."

"왜 거짓말을 해?!"

"그리고 린. 저를 만만하게 보지 마세요. 당신이 앨리스 언니의 시종이어도 어차피 내 앞에서는 무력한 존재입니다."

"……!"

린의 눈썹이 꿈틀거렸다.

단순히 비위가 상해서 그런 게 아니라, 주인인 앨리스가 간접적으로 모욕을 당했다──고 판단해서 이런 반응을 보인 것이다.

"시스벨 님. 감히 한 말씀 드립니다만, 그것은 저의 주인님에 대한 모욕이십니까? 그렇다면 앨리스 님의 시종으로서 저도 가만히 있을 수 없습니다."

"린."

제3왕녀는 이스카가 들고 있던 비디오카메라를 빼앗아 들더니.

이어서 말했다.

"솔직히 말해 봐요. 당신은 자기 가슴에 열등감을 가지고 있죠?!"

"~~~~~~~~~~?!"

돌발적인 선고였다.

린이 벼락 맞은 것처럼 부르르 떨었다.

"당신은 올해 열일곱 살이 되는데도 1년 이상이나 전혀 커지지 않은 가슴 때문에 불안감을 느끼고 있어요. 그렇지 않나요?"

"그, 그그그게 무슨 말씀이시죠?! ……무슨 근거로 그러시는 겁니까?!"

"후후. 저의 성령술로 어젯밤 당신의 행동은 전부 다 알아냈거든요."

승자의 미소를 짓는 시스벨.

한편 린은 소박한 자기 가슴을 양팔로 감추면서 대꾸했다.

"비, 비겁해요! 시스벨 님, 그렇게 몰래 훔쳐보시면————."

"저녁밥은 대량의 양배추 샐러드와 견과류. 그리고 따뜻한 우유. 모두 다 가슴 크기에 도움이 된다고 알려진 음식입니다."

"……으……아아악?!"

린의 얼굴이 순식간에 새빨개졌다.

시스벨이 린을 향해 비디오카메라를 들어 올렸다.

"그리고 한밤중에! 저는 봤습니다. 당신이 욕실에서 가슴 키우는 체조를 하는 장면을!"

"꺄아아아아아아아아아아아아아악!"

린의 비명 소리가 호텔 복도에 울려 퍼졌다.

"정말 충격적인 영상이었어요. 설마 당신이 밤마다 혼자 그런 짓을 할 줄이야."

"아, 아녜요, 아닙니다! 그, 그건, 저…… 잡지에 그런 기사가 있어서 한번 흉내 내본 거고…… 단순한 호기심 때문에…………!"

"지금 여기서 영상으로 재생하는 것도 가능합니다. 여기 녹화용 카메라도 있네요."

"흐아아아아아아앗?!"

말도 제대로 나오지 않는 모양이었다.

린의 얼굴은 새빨개지다 못해 이제는 새파랗게 변했다. 옆에서 구경하는 이스카조차도 동정심을 느낄 정도로 심하게 동요하고 있었다.

……내용은 좀 그렇지만, 정말 무시무시한 협박이다.

……신하들조차도 시스벨의 성령을 두려워하는 이유를 알 것 같았다.

왕궁에 돌아가면 쿠데타의 범인도 금방 밝혀낼 수 있을 것이다.

참으로 무서운 시조의 후손이었다.

"제, 제가 잘못했습니다…… 그것만은 제발 비밀로 해주세요!"

"후후, 잘못한 줄 알았으면 됐어요. 갑시다. 이스카."

시스벨이 여유롭게 말하면서 팔짱을 꼈다.

기운을 다 써서 기진맥진해진 린. 우리는 그녀를 등지고 엘리베이터로 향했다.

"네 이놈, 제국 검사!"

"악?! 아, 아니, 갑자기 왜 그래?! 그 나이프는 뭔데?!"

살짝 찔렸다.

시스벨이 눈을 떼자마자 린이 숨기고 있던 나이프로 이스카를 찌른 것이다.

"가, 감히, 나에게 이런 치욕을……!"

"내가 안 그랬는데?!"

"시끄러워, 입 닥쳐! 네놈은 소녀의 비밀을 알아버렸다. 책임은 져야지. 각오해라!"

"무슨 책임?!"

이스카는 울먹거리는 린을 피해 전속력으로 달아났다.

2

호텔 9층, 이스카와 동료들이 머무는 객실——.

"커튼은 다 쳤어. 바깥에서는 이 안이 보이지 않을 거야. 이 정도면 됐어?"

"네, 좋습니다."

거실 벽에 붙어 서 있는 이스카와 동료들.

창가에서 커튼을 친 사람은 진. 테이블 옆에서 촬영을 하려고 비디오카메라를 들고 있는 사람은 네네.

그리고——.

호기심과 곤혹스러움이 담긴 표정으로 시스벨 옆에 서 있는 사람은 미스미스 대장이었다.

미스미스 클라스 대장.

이스카보다 머리 하나만큼 작은 키. 앳되고 순수한 얼굴. 겉모습은 10대 중반 소녀처럼 보이지만 이래 봬도 스물두 살 된 성인이었다.

"저기요, 보스. 보스는 아무것도 안 해도 되니까 긴장하지 마."

"하, 하지만……."

풀 죽은 목소리로 대꾸하는 미스미스 대장. 언제나 천진난만한 것이 장점인데, 지금은 마치 갓 끌려온 새끼 고양이처럼 초조해하면서 이리저리 눈을 굴리고 있었다.

"나, 나, 어쩌지?"

"어쩌긴 뭘 어째요. 당신이 성령을 전혀 모르시면 곤란해요. 당신이 아니라 제가 곤란하단 말입니다."

옆에 나란히 서 있는 시스벨.

시스벨은 진짜 10대 중반 소녀인데, 미스미스는 그보다도 더 작고 어려 보였다.

"내일모레. 저희는 중앙주로 가는 열차에 올라탈 겁니다…….

슈바르츠의 연락이 끊긴 것만 봐도 알 수 있듯이 그곳은 여기보다 훨씬 더 위험합니다. 그쪽에 도착하자마자 신분 확인을 당할지도 몰라요."

제국 사람인 이스카와 동료들은 당연히 황청 주민증을 가지고 있지 않았다.

이 난관을 극복할 수단이 바로 마녀로 변한 미스미스였다.

별의 중추에서 생겨나는 미지의 에너지「성령」. 그것이 고여 있는 볼텍스(성맥 분출천)에 빠지는 바람에 미스미스는 성령을 얻어 마녀로 변했다.

"이 나라에서는 성문(星紋)이 가장 강력한 신분증명서입니다. 대장님, 당신이 왼쪽 어깨의 성문을 보여준다면 그 어떤 심사도 무조건 통과할 수 있어요."

"……으, 응."

"단! 성령술사가 성령을, 특히 성령술을 모른다면, 그걸 계기로 추궁당하게 될 겁니다."

그러면 제907부대만 난처해지는 것이 아니었다.

그들을 고용한 시스벨의 입장도 난처해질 것이다. 슈바르츠가 있으면 노련한 협상 기술로 일을 무마할 수 있을 테지만, 지금은 슈바르츠가 없었다.

"여기서 미리 말씀드리죠. 저는 대화로 해결하는 건 서툽니다."

"그게 자랑이야?"

"시, 시끄러워요! 아무튼, 제게 남을 감싸줄 만한 말재주는 없습니다. 그러니 여러분이 자기 문제는 스스로 해결해주지 않으면 곤란해요!"

성령의 기본을 배운다.

황청 사람으로 위장하기 위해서. 그것이 시스벨이 이 급박한 상황에서 미스미스에게 내준 과제였다.

"……물론 이런 협박 같은 말을 해봤자 무의미할 테죠. 다행인지 불행인지 성령술에 관해서는 제국군 여러분도 잘 알고 있을 테니까요. 그렇죠?"

황청의 성령 부대와 제국의 인류 방위기구.

100년에 걸친 전쟁을 통해서 양측은 서로에게 자기 능력을 충분히 보여줬다.

"여러분은 이미 저의 성령술이 뭔지도 알고 있습니다. 미스미스 대장. 제가 당신에게 해줄 수 있는 것은 기껏해야 『실연』 정도밖에 없어요."

거실 한가운데에서.

시스벨이 상의 앞 단추에 손을 댔다. 능숙한 손놀림으로 맨 위의 단추를 풀더니 두 번째 단추도 잡았다.

"성문이 생기는 부위는 천차만별입니다. 대개 팔이나 다리에 생기지만, 저처럼…… 남들 눈에 띄지 않는 장소에 생기는 경우도 드물지 않습니다."

가슴을 풀어헤치는 마녀 공주.

진과 이스카가 보고 있기 때문일까. 공주의 두 볼이 약간 붉어졌다.

쇄골과 봉긋한 가슴 사이에서──.

희미하게 빛나는 성문이 드러났다. 커튼을 친 어두운 방 안에서 유난히 눈에 띄었다.

"당신은 성령의 목소리를 들어본 적은 있나요?"

"네?"

"반응을 보니 아직 들어보지 못했나 보군요. 타인의 목소리같이 또렷하게 들리지는 않지만, 마치 꿈결처럼 아련한 목소리가 들리는 날이 올 겁니다. 그날 당신은 성령술사로서 다시 태어날 거예요."

"…………."

"어머. 싫으세요? 저와 같은 『마녀』가 되는 것이."

우울한 표정을 짓는 미스미스. 이에 대해 시스벨은 강한 어조로 압박하듯이 말했다.

"제국 사람인 당신의 심정을 이해해줄 마음은 없습니다. 현재 우리는 교우 관계를 맺은 것이 아니니까요. 다만……."

진과 네네.

마지막으로 이스카까지 곁눈으로 힐끗 보더니, 네뷸리스의 제3왕녀가 말을 이었다.

"제가 왕궁으로 돌아간 뒤. 만약 제907부대 여러분이 그대로 이 황청에 귀속되기를 원하신다면, 저도 흔쾌히 허락할 겁니다. 그건 기억해주세요."

순혈종 시스벨이 가슴에 손을 얹었다.

"별이여. 그대의 과거를 나에게 보여줘."

성령의 빛.

가슴에 맺힌 빛이 시스벨 앞에 있는 허공을 비추기 시작했다. 빛이 모여들었다. 그것이 영사기처럼 엊그제 출현한 『마녀』의 모습을 그려냈다.

"네가 왕궁에서 본 『괴물』 말이야. 대충 이렇게 생기지 않았어?"

"악성변이(惡星變異) 『피험자 Vi』———."

마녀의 요염한 웃음소리가 거실에 울려 퍼졌다.

보라색 불꽃이 타오르면서 빨간 머리 마녀를 휘감아버리는 광경이 눈앞에 펼쳐지자———.

"헉?!"

미스미스가 비명을 지르며 후다닥 뒷걸음질 쳤다.

진이 눈살을 찌푸렸다. 카메라를 들고 있는 네네도 눈을 휘둥

그렇게 뜨고 멍하니 서 있었다. 그렇다. 그곳에는 괴물 한 마리가 있었다.

인간이 아니었다.

새빨간 보석같이 단단히 응고된 머리카락. 전체적으로 피부 색깔이 투명해져서 해파리처럼 변한 그 육체 너머로는 밤하늘이 비쳐 보였다.

마녀 비소와즈.

시스벨을 덮친 자객이자, 이스카가 격전 끝에 간신히 물리친 강적이었다.

"이, 이게 뭐야, 이게 영상이야?!"

"입체영상과 비슷한 겁니다. 소리도 완벽하게 재현할 수 있지요. 네네 씨, 카메라로 잘 녹화해주세요."

"……으, 응."

네네가 떨리는 손으로 카메라를 잡고 고개를 끄덕끄덕했다.

그 옆에서 은발 저격수가 그답지 않게 쓴웃음을 지었다.

"소름 끼칠 만큼 생생한 재현이군. 그때 언뜻 들었는데, 이것이 너의 성령술인가……. 엄청난 존재감이군. 제국의 홀로그램과 비교도 안 될 만큼."

"나도 처음 봤을 때는 깜짝 놀랐어."

이스카는 이번이 두 번째로 보는 것이었다.

독립국가 알사미라에서 시스벨이 자신을 공격하는 오브젝트를 상대로 발동시킨 것이 첫 번째였다.

그때는 이보다 더 어마어마한 대규모 모래폭풍을 『소환』함으로써 독립 기계병의 눈을 완벽하게 속였었다.

"적들이 저를 노리는 이유가 바로 이것입니다."

시스벨의 두 눈에 그늘이 드리웠다.

"제가 황청으로 돌아가면, 왕궁에서 발생한 쿠데타의 범인이 누구인지를 만인 앞에서 밝혀낼 수 있습니다. 그래서 비소와즈를 이쪽으로 보낸 거겠죠."

"……응, 그래. 네네도 이해했어. 이거 엄청난 능력이다."

네네가 촬영을 중단하고 심호흡을 했다. 너무 놀라서 숨 쉬는 것조차 잊어버리고 영상만 뚫어져라 쳐다보고 있었다.

"잘 보셨나요?"

"……으, 응……."

"당신이 원치 않아도 언젠가는 성령의 목소리를 듣게 될 겁니다. 성령을 받아들일지, 아니면 거부할지. 미리 잘 생각해두세요."

가슴팍의 단추를 잠그는 시스벨.

그리고 직접 창가로 가서 커튼을 확 걷었다.

"고민할 수 있는 시간도 이제 얼마 남지 않았으니까요."

3

네뷸리스 황청, 별의 탑.

여왕의 개인실 「별들의 마천루」——.

이곳은 100년 전 네뷸리스 황청의 시조인 네뷸리스 1세를 시작으로, 역대 여왕들이 계속 사용해온 침실이었다.

그곳의 천장은 특수 유리 재질이었다.

밤이 되면 만천의 별들이 이 천장을 뒤덮으면서 마치 플라네타륨 같은 경관을 연출하는 것으로 유명했다.

"앨리스? 물론 내가 그런 말을 하긴 했죠, 당신이 와줘서 무척 마음이 놓인다고. 쿠데타가 언제 어디서 일어날지 모르니까요. 하지만……."

그 침실.

혼자 눕기에는 지나치게 넓은 호화로운 침대 위에서 얇은 잠옷만 입은 여왕이 한숨을 푹 내쉬었다.

"하지만, 밤에 같이 자 달라고 말한 적은……."

"무슨 말씀이세요, 어마마마? 이것은 저의 의사표시입니다. 루가문의 결속력을 쿠데타의 범인에게 잘 보여줘야죠!"

침대에 누운 앨리스도 잠옷 차림이었다.

편안하게 누워 있어서 가슴이 다 보일 정도였지만, 어머니에게 가슴을 보여주는 것쯤이야 전혀 부끄럽지 않았다.

"시스벨이 돌아올 때까지 제가 어마마마 곁에 딱 붙어 있을 겁니다. 모녀끼리 오붓하게 잘 지내요, 네?!"

"……어휴. 알겠습니다. 딸의 호의를 순순히 받아들이도록 하죠."

"네, 그럼요. 그리고 제가 이렇게 어마마마의 방에 오래 있는 건 오랜만이잖아요? 침대에 누워 있기만 해도 행복해요."

침실 구석에는 책장이 놓여 있었다.

책장에 꽂힌 책들은 이 황청에 관한 역사서와 연구서. 어린 시절에 앨리스가 한 번 보고 학을 뗐던 책들이다.

그 외에 사진첩이 몇 권 있었고.

"…………."

앨리스는 그중 한 권을 무심하게 뽑아 들었다.

보고 싶은 것은 아니었다.

무심코 손을 그쪽으로 뻗었지만, 이대로 다시 책장에 꽂아놓을까? 하는 생각이 머릿속에 스쳐 지나갔을 정도로 별로 보고 싶지 않은 사진첩이었다.

펼쳐보지 않아도 알 수 있었다. 거기 있는 것은 앨리스가 어릴 때 찍은 사진이었다. 일리티아, 시스벨도 같이 찍힌 사진. 다 함께 사이좋게 놀고 있었다.

……열 살? 아니, 그 전인가?

……그때는 모두 다 사이가 좋았는데…….

콘클라베 때문일까?

누가 왕위를 계승하는가. 그런 골육상쟁만 없었어도, 우리는 지금도 사이좋게 지내고 있었을지도 모른다.

"그런 재미없는 걸 뭐 하러 꺼냈나요?"

"네?"

앨리스의 내적 갈등과는 전혀 상관없는 여왕의 한마디. 뜻밖의 발언이었다.

그게 무슨 뜻일까.

괜히 더 신경 쓰여서 페이지를 넘겨봤다. 그 순간 앨리스는 조그만 탄성을 발했다.

"······이건······?"

세 자매가 아니었다.

오래되어 빛바랜 사진 속의 인물. 그것은 앨리스와 매우 닮았지만 다소 감정 기복이 없어 보이는 단발머리 소녀였다.

"제 사진입니다. 성령 부대 소속이었을 때죠. 벌써 30년도 더 전에 찍은 겁니다."

"어마마마의 옛날 사진······."

자기들의 사진첩이 아니었다.

그래서 어머니는 「재미없는 것」이라고 표현한 것이리라. 그러나 앨리스에게는 오히려 무척 흥미로운 사진이었다.

······이 사진. 한 번도 못 봤는데.

······전장에서 찍은 걸까?

황폐한 암석 지대에서 백발 머리 청년과 나란히 서 있었다.

늠름하고 이목구비가 뚜렷한 하얀 얼굴. 그런데 그는 사진 찍히는 게 싫었는지, 몹시 귀찮아하는 표정으로 딴 데를 보고 있었다.

성령 부대 멤버가 아니었다.

잘 단련된 근육질 상반신에 코트 하나만 걸친 이 모습, 어디선가······.

"······샐린저?!"

이 얼굴은 아직 정확히 기억하고 있었다.

제13주 알카트루즈의 감옥에서 탈옥한 초월의 마인 샐린저와, 그곳에 있었던 린과 이스카가 처절한 사투를 벌였기 때문이다.

30년 전과 똑같은 그 풍모에도 경악했지만, 그보다도 그가 어머니와 나란히 서서 사진을 찍었다는 것이 너무나 이상하게 느껴졌다.

······어째서?

······이 마인은 30년 전 당시 여왕이었던 네뷸리스 7세를 공격한 대역죄인이잖아.

그런데 왜 어머니와 같이 사진을 찍은 거지?

둘이 나란히 서 있는 모습은 마치 전우처럼 보였다.

"어마마마, 이건······?"

"그래서 내가 말했잖아요. 재미없는 거라고."

침대에 누운 여왕이 앨리스의 손에 들린 사진첩을 흘낏 보고 한숨을 내쉬었다.

"나와 그 마인은 한때 **그런 사이**였습니다. 단지 그뿐이에요. 지금 당신에게는 우스워 보일지도 모르지만."

그런 사이······.

나란히 서서 사진을 찍은 것을 보면, 절대로 사이가 나쁘지는 않았을 것이다. 하지만 더 이상은 추측해볼 수도 없었다.

"싸움 상대였습니다."

"네?"

"당신도 알다시피 그 남자는 타인의 성령을 빼앗는 자입니다. 내 성령을 노리고 공격해오기에, 나는 그를 격퇴했습니다. 몇 번이나 되풀이해서."

"……네?"

몇 번이나 되풀이해서?

맨 처음 싸웠을 때 마인 샐린저를 포획하지는 않았던 걸까?

"여기서 잡기는 아깝다. 그때의 나는 그렇게 생각했던 것 같습니다."

"……그게 무슨……."

"진심으로 싸울 수 있는 상대가 필요했어요."

"!"

"내가 마음껏 전력을 다해 싸우면 거기 응해줄 수 있는 상대가 필요했습니다. 어릴 때 나는 제국군을 물리치기 위해 미친 듯이 강한 힘을 추구했습니다. 그는 그런 내 앞에 나타난 최강의 무뢰한이자, 도전자이자, 최고의 라이벌이었습니다."

"_____."

사진첩을 들고 있는 손이 저절로 떨렸다.

…………그건.

……어마마마…… 그건, 저도………….

크게 소리치고 싶었다.

저도 그렇습니다! 하고.

"나를 특별 취급하지 않는 무례한 녀석. 그래, 넌 그러면 돼."

"너도 나를 라이벌로 의식하고 있었구나."

제국과 끝없는 전쟁. 콘클라베의 숨 막히게 답답한 느낌.

그 모든 음울함을 한꺼번에 날려버려 줄 「누군가」를 원하는 마음. 그 고양감은 어머니도, 딸도 둘 다 가지고 있었다. 똑같았다.

앨리스는 진심으로 그 검사의 이름을 외쳐 부르고 싶었다.

그러나.

"그것이 실수였어요."

여왕의 말에는 가시가 있었다.

앨리스의 목구멍까지 솟구친 말을 단번에 막아버리면서 앨리스의 가슴속에 깊숙이 파고드는 날카로운 가시였다.

"그 후 무슨 일이 일어났는지. 앨리스, 당신도 알지요?"

"…………."

30년 전――.

초월의 마인 샐린저는 「여왕 이상의 존재」가 되기 위해 왕궁에 침입해 당대의 여왕 네뷸리스 7세를 습격했다.

그 마인을 격퇴하고 감옥에 집어넣은 사람이 다름 아닌 네뷸리스 8세.

눈앞에 있는 밀라베어 여왕이었다.

"최후의 싸움은 끔찍했습니다. 나와 그 남자의 열 번이 넘는 결투 중에서도 가장 진부하고 저열한 싸움이었을 겁니다."

"……라이벌이라고 하셨잖아요?"

"최후의 싸움에서는 그렇지 않았습니다. 그것은 내가 원하던 것이 아니었어요."

여왕이 손을 뻗었다.

앨리스의 손에 들린 사진첩을 살며시 빼내서 도로 책장에 집어넣었다. "이제 그만합시다"라고 말하는 것처럼.

"나와 그 남자의 싸움은 서로의 입장을 초월한 것이었습니다. 성령술을 한없이 갈고닦고자 하는 사람들끼리 고집스럽게 기를 쓰고 싸웠던 거죠. 그것이 기분 좋게 느껴졌습니다."

"_____."

"그러나 결국 그 남자는 여왕 네뷸리스 7세를 공격한 대역죄인이 되었습니다. 나는 왕녀로서 그를 숙청해야 했고. 단순한 선악. 경찰과 범죄자 같은 것이었습니다. 그런 흔해빠진 시시한 관계가 되어버린 것이 아쉽습니다."

여왕이 침대에 엎드려 누웠다.

그리고 베개에 얼굴을 묻었다.

"앨리스."

"네."

"당신은 알카트루즈에서 그 남자를 막아냈죠. 그때 그가 무슨 말을 하지는 않았습니까?"

"…………어……."

당황하여 기억을 더듬어봤다.

마인 샐린저는 제2왕녀 앨리스리제가 제압했다. 표면적으로는 그렇게 되어있었지만, 실제로 싸운 사람은 제국의 전직 사도성 이스카였다.

……그때 이스카와는 거의 이야기를 나누지 못했다.

……린이 뭐라고 했더라.

린은 마인과의 대화를 낱낱이 보고했었다.

그중에 신경 쓰이는 내용을 꼽자면——.

"네뷸리스 혈통의 진정한 무서움은 그 계집애(밀라베어)가 아니야. **시조의 혈통이 낳는 진정한 괴물**을 알아차리지 못하는 무지함. 가엾구나."

"헉?!"

"무슨 일이죠? 앨리스."

"아, 아뇨, 아무 일도 아닙니다……!"

허둥지둥 그렇게 말했지만, 쿵쿵 뛰는 심장은 진정될 줄 몰랐다.

그때는 전혀 신경 쓰지 않았다.

그러나 이제는 알 것 같았다. 시스벨을 공격한 마녀 비소와즈의 목격담을 들었으니까. 이제는 앨리스도 짚이는 바가 있었다.

……시조의 혈통이 낳는 진정한 괴물이라고?

……**설마 그게 히드라 가문의 비소와즈인가?**

인간이 아닌 괴물. 린은 그렇게 말했다.

시조의 혈통인 히드라 가문에서 태어난 괴물. 샐린저의 말은 그야말로 정확했다.

……이게 뭐야. 예언이야?

……감옥에 갇혀 있었던 마인이 비소와즈의 존재를 예언하다니, 어떻게 그럴 수가 있지?!

식은땀이 뺨을 타고 흘렀다.

루 가문이 모르는 음모——.

여왕과 앨리스가 모르는 곳에서 비밀스러운 음모가 진행되고 있다. 그런 예감이 뇌리에 들러붙어 떨어지지 않았다.

탈옥해서 모습을 감춘 마인은 지금 어디서 무엇을 하고 있을까.

무슨 목적으로 탈옥했을까.

"…………."

그 순간.

침대 옆 테이블에서 착신음이 들려왔다.

"……여왕의 통신기는 아니군요. 앨리스, 당신 겁니다."

"어, 린?"

이런 밤중에 긴급연락을 하다니?

도대체 무슨 일이 일어난 걸까?

"린. 무슨 일이야?"

『밤늦은 시각에 연락을 드려 죄송합니다. 시스벨 님께서 방금 취침하셨습니다. 그리고 또 하나 보고드릴 것이 있습니다. 예정대로 내일 시스벨 님께서 중앙주로 향하실 계획이라고 합니다.』

앨리스 옆에서 고개를 끄덕이는 여왕.

침대에 통신기를 놔두고 어머니와 딸이 동시에 귀를 기울이고 있었다.

『열차 번호와 좌석은 낮에 말씀드린 것과 같습니다. 저도 몰래 동행할 예정이고, 호위병들도 있습니다.』

"……그 네 사람 말이지?"

『네. 독립국가 알사미라에서 고용한 용병들입니다.』

실은 제국 부대지만. 여왕에게 그것은 비밀이었다.

사실 앨리스의 마음은 편치 않았다. 그러나 호위 측면에서 이스카가 시스벨과 동행하는 것은 절대적으로 신뢰할 만했다.

……시스벨이 이스카에게 찰싹 달라붙는 것은 마음에 들지 않았지만.

……그것도 내일까지만 참으면 될 테지.

시스벨이 중앙주로 온다.

왕궁에 돌아오면 수많은 문제가 해결될 것이다. 쿠데타의 범인도 밝혀질 테고, 또 비소와즈가 인간이 아닌 존재로 변해버린 수수께끼도 과거를 캐보면 해명될 것이다.

"린."

『네, 여왕 폐하.』

"보고해줘서 고마워요. 내일은 주요역(主要驛)에 내 부하를 대기시켜두겠습니다. 4번 게이트를 통해 나오라고 시스벨에게 전해주세요."

『네. 그럼 이만 실례하겠습니다.』

통신이 종료됐다.

앨리스는 조용해진 통신기를 테이블에 다시 올려놓고 살며시 한숨을 쉬었다.

……신경 쓰이는 것이 너무 많았다. 쿠데타도, 샐린저의 그 대사도.

……그러나 당장 내일이 더 중요하다.

내 동생 시스벨이 돌아올 때까지만 참고 기다리자.

내일이 되면 틀림없이 많은 수수께끼가 풀릴 것이다.

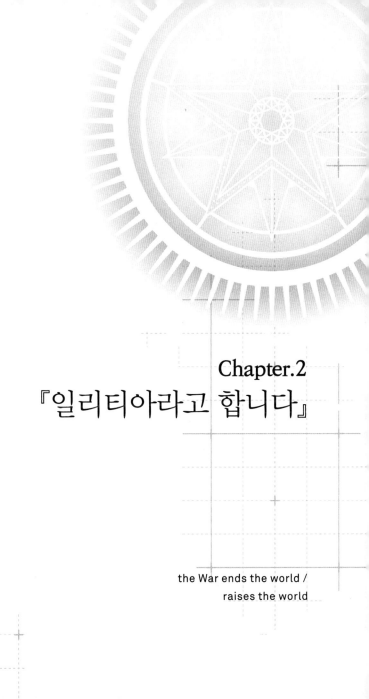

Chapter.2
『일리티아라고 합니다』

the War ends the world /
raises the world

1

네뷸리스 황청, 중앙주.

주요역 『사크라리스 네뷸리카』──.

눈 덮인 것처럼 새하얀 아름다운 돔이 대륙 열차의 차창 너머로 언뜻 보였다.

3인석 한가운데에 앉은 시스벨은 내내 창밖만 바라보고 있었다. 지금은 변장용 안경을 쓰고, 머리카락도 네네처럼 포니테일 스타일로 모아 묶었다.

……저렇게 변장해도 역시 예쁘구나.

……이 열차 안에서도 벌써 세 번이나 헌팅을 당했다.

맞은편에 앉은 이스카도 도수 없는 안경을 쓰고 있었다.

상의는 황청에서 구입한 셔츠. 성검은 골프 가방 속에 숨겨서 근처에 놔뒀다.

『이스카 오빠. 여기 4호차는 아무 이상 없어. 진 오빠, 그쪽은 어때?』

『2호차도 문제없어. 가족석에 있는 어린아이가 자꾸 울어서 시

56 너와 나의 최후의 전장, 혹은 세계가 시작되는 성전 6

끄럽다는 것이 유일한 문제인데, 일단 수상해 보이는 녀석은 없어. 보스, 1호차는 어때?』

『……우물우물…… 어, 으음. 이 불고기 샌드위치 맛있다.』

『누가 도시락 맛을 물어봤어?』

『아, 아이참, 농담이거든?! 걱정 마. 운전사도 침착해 보이고, 아무 문제도 없어.』

『정신 차려. 오늘이 마지막이야. 빠르면 앞으로 몇 시간 내에 우리 임무는 끝날 거야. 그러면 당장 이 나라에서 탈출할 거고.』

이어폰을 통해 들려오는 진의 목소리.

이스카와 시스벨은 3호차에 있고, 앞뒤 차량에서는 진과 네네, 선두 차량에서는 미스미스 대장님이 대기하고 있었다.

……그리고 린도 있을 테지.

……앨리스의 명령으로 이 열차 어딘가에 탑승했을 것이다.

"곧 도착하겠네요."

그런 이스카의 속마음을 알았는지 어쨌는지 몰라도, 불그스름한 금발 머리 소녀가 천천히 고개를 이쪽으로 돌리면서 말했다.

"주요역 4번 게이트에서 여왕님의 사자가 기다리고 있을 겁니다. 그 사람의 차를 타고 왕궁으로 돌아갈 거예요."

"그 사자는 신용할 수 있어?"

"네."

시스벨이 가볍게 끄덕거리더니 머뭇머뭇 한마디 덧붙였다.

"슈바르츠의 사촌입니다. 수앙이라고 하는 나이 든 여성이에요."

"……그렇구나."

"슈바르츠 일가는 대대로 왕가를 섬겨온 시종 가문입니다. 그런데 이런 일이 생긴 것은 처음이에요. 수앙을 만나면 도대체 뭐라고 사과해야 할지……."

아직 슈바르츠에게서 연락은 오지 않았다.

여왕과 연락한 린을 통해서, 그가 왕궁에 도착하지 않았다는 사실도 알게 되었다.

……십중팔구 적의 방해를 받았을 것이다.

……1번 용의자는 비소와즈가 속한 히드라 가문. 2번 용의자는 가면 경이 속한 조아 가문이라고 했던가.

네뷸리스의 3대 혈족.

시스벨 호위 임무를 맡기 전까지는, 이스카도 이토록 피비린내 나는 왕위 쟁탈전이 벌어지고 있는 줄은 몰랐다.

……틀림없이 시스벨은 왕궁에 돌아간 후에도 계속해서 가혹한 싸움을 벌일 것이다.

……그러나 제국 병사인 나는 그런 것에 신경 쓰면 안 된다.

이제 몇 시간만 지나면.

자신과 시스벨은 또다시 적이 된다. 마녀 공주와 제국 병사라는 단순한 관계로 돌아가는 것이다. 자신과 앨리스의 관계가 그렇듯이.

"다시 한번 확인해볼게. 우리가 약속한 것은『왕궁이 보이는 곳까지』동행하는 거야. 그렇지?"

"네. 하지만 지금 미리 드릴게요."

"?"

"이것은 약속했던 성공 보수의 절반입니다."

시스벨이 핸드백에서 종이 꾸러미를 꺼냈다. 이스카의 양손으로 완전히 덮을 수 있는 크기였다.

"성령 에너지를 차단하는『네뷸라(성철)』밴드입니다. 저절로 벗겨지기 전까지는 효과가 유지됩니다만, 일주일에 한 번은 새것으로 바꾸는 편이 좋아요. 지금 제가 가지고 있는 건 스무 개 정도밖에 안 됩니다만."

"…………."

"보수의 나머지 절반은 이겁니다. 왕궁에 도착했을 때 드릴게요."

그것은 직접 쓴 메모였다.

밴드의 재료인『네뷸라』를 입수하는 방법. 그리고 그것을 가공해주는 전문가 명단. 둘 다 미스미스 대장이 앞으로 제국에서 살아가기 위해 필요한 것이었다.

"……이래도 돼?"

"네. 딱히 문제는 없으니까요. 실은 나머지 절반까지 지금 드려도 상관없습니다만."

그러더니 왕녀는 힘없이 쓴웃음을 살짝 지었다.

"보수를 받자마자 냉정하게 돌아설 만큼 나쁜 사람은 아니라는 건 알고 있으니까요. 당신도, 당신 동료들도 마찬가지예요."

"……곤란하네. 이러면 내가 어떻게 반응해야 해?"

"이스카."

황금색 눈동자가 이쪽을 가만히 응시했다.

윤기 나는 입술이 무슨 말을 꺼내려는 순간——.

『이 열차는 잠시 후 주요역에 도착합니다.』

안내 방송과 동시에 덜컹! 소리가 나더니 열차의 속도가 점점 느려졌다.

열차는 거대한 돔 안으로 들어갔다.

"이스카 오빠. 도착했어."

"보스, 가자."

"앗, 자, 잠깐만! 내 표 어디 갔지?!"

3호차로 건너오는 네네, 진, 미스미스 대장.

세 사람을 본 시스벨이 자리에서 일어났다. 그리고 이스카도 시스벨의 짐이 든 캐리어와, 성검이 든 골프 가방을 들고 그 뒤를 따라갔다.

주요역 1층——.

대형 백화점처럼 꾸며놓은 건물 안에 고급 브랜드 매장이 즐비하게 들어서 있었다. 거기서 많은 여행객과 회사원이 바쁘게 오가는 광경은 제국의 주요역과도 비슷했다.

"이스카. 이쪽이에요."

길을 잃어버릴 정도로 넓은 역 안에서 빠르게 걸어가는 시스벨.

"4번 게이트는 저쪽입니다. 왕도에 가까운 방향이고, 그곳에는 왕가 전용차를 주차할 공간도 있어요."

"사자가 거기 와 있다는 거지?"

"네. 거기서————깍?!"

시스벨이 작은 비명 소리를 냈다.

뒤에 있는 이스카를 반쯤 돌아보면서 걷느라, 눈앞에 불쑥 끼어든 여성의 존재를 눈치채지 못한 것이다.

"아, 죄송합니다. 잠시 한눈을················· 어······?"

시스벨이 다시 정면을 향하더니.

그곳에 서 있는 키 큰 여성을 쳐다본 순간, 그대로 꽁꽁 얼어붙었다.

"어머나."

"·················, ······어, ······어······."

"한눈팔면 안 돼, 시스벨. 저런, 어쩌니? 부딪치는 바람에 변장용 안경도 삐뚤어졌네. 자, 똑바로 써야지."

시스벨의 안경을 원래대로 씌워주는 낯선 여성.

뒤에 있는 네네와 미스미스가 그 모습을 보고 무의식중에 한숨을 내쉬었다.

"와. 네네야, 저거 봐. 엄청난 미인이야!"

"우와~ 굉장하다. 대장님보다도 가슴이 더 크네? 아, 하지만 키를 놓고 비율로 따지면 엇비슷할지도 몰라."

"네네야, 왜 쓸데없는 소리를 하고 그래?!"

절세미인.

시스벨 앞에 서 있는 젊은 여성. 그녀는 같은 여자인 네네와 미스 스미스조차도 깜짝 놀랄 정도로 빼어난 미모의 소유자였다.

"저는 일리티아라고 합니다."

그 여성이 생긋 웃었다.

굽이치는 머리카락은 더없이 아름다운 금빛 에메랄드그린.

이목구비가 예쁜 그 미모는 그저 눈만 마주쳐도 저절로 넋을 빼앗길 것 같았다.

이스카가 잘 아는 앨리스보다도 더 큰 키. 그리고 안쪽에서 옷을 밀어 올리는 풍만한 가슴은 당장이라도 가슴팍의 천을 찢고 튀어나올 듯했다.

"…………어, 언니……?!"

"어서 오렴. 시스벨. 걱정 많이 했단다."

일리티아라고 이름을 밝힌 여성은 조그만 제3왕녀의 머리를 부드럽게 쓰다듬었다.

시스벨은 망연자실하여 입을 반쯤 벌리고 있었다. 그러나 곧 정신을 차리더니, 도망치는 것처럼 뒤돌아 달리기 시작했다.

웅성거리는 통행인들을 등지고.

"앗, 시스벨?!"

"이리 오세요. 빨리!"

시스벨은 열차 3호차로 뛰어들었다. 그들이 방금 타고 온 차량이었다.

다른 승객들은 이미 다 내려서 안이 텅 비어 있었다.

시스벨은 전력 질주로 차량에 들어가더니 그제야 겨우 뒤를 돌아봤다.

"이봐, 무슨 일이야? 『언니』라니?"

"아…… 저, 저 엄청난 미인이 당신 언니라고? 마중 나와준 거야?"

"자, 잠깐만. 뭐가 어떻게 된 거야?!"

이스카를 뒤따라 3호차로 들어오는 진, 네네, 미스미스 대장.

그 뒤를 이어서 천천히——.

"아, 맞아. 역 안에서는 보는 눈이 많으니까. 은밀한 이야기를 하려면 열차 안에 들어오는 편이 낫겠구나. 현명한 판단이야. 시스벨."

에메랄드빛 머리카락을 휘날리며 들어오는 키 큰 미녀.

그 인물은 아직도 경악한 표정을 짓고 있는 시스벨을 똑바로 바라보고 말했다.

"슈바르츠가 사라졌다는 소식은 들었어. 많이 힘들었지? 시스벨."

"……!"

시스벨의 어깨가 부르르 떨렸다.

그 직후, 마치 둑이 터진 것처럼 제3왕녀의 입에서 절규가 터져 나왔다.

"일리티아 언니! 이게 어찌 된 일인가요?!"

기쁨의 환성이 아니었다.

낯선 사람을 본 경비견이 크게 짖어대는 소리. 그만큼 격렬했다.

"저는 이 주요역에 여왕님의 사자가 온다고 들었습니다. 그런데 왜 언니가 오신 거죠?!"

"왜냐고? 단순한 이유야."

여동생을 바라보는 언니의 미소는 무너지지 않았다.

"사랑스런 동생을 걱정하는 것은 언니로서 당연한 일이니까. 그렇지 않니?"

"……진정 그런 이유로 오셨다고요?"

"이유는 하나 더 있어. 시종을 잃어버린 내 동생을 여기까지 오면서 지켜주신 호위병 여러분께 나도 직접 감사 인사를 드리고 싶었어."

아름다운 눈동자가 이스카를 향했다.

이어서 저격수, 기계 기술자, 대장을 차례차례 쳐다봤다.

"저는 시스벨의 언니인 일리티아입니다. 여러분, 머나먼 타국에서 이 나라에 오신 것을 환영합니다."

"……당신도 왕가의 심부름꾼이야?"

"시스벨과 같은 신분이랍니다."

진을 보면서 생긋 웃는 일리티아.

절묘한 트릭이었다.

아마 일리티아는 진의 한마디만 듣고도「시스벨이 왕녀라는 자기 신분을 밝히지 않았다,는 사실을 순식간에 눈치챘을 것이다. 그걸 전제로, 시스벨이 그들에게 밝힌 신분이 뭐였든지 간에 문제없을 만한 대답을 해낸 것이다. 한순간도 머뭇거리지 않고.

너무나 자연스럽고도 유려했다.

조금이라도 머뭇거렸다면, 진은 그 위화감을 놓치지 않았을 것이다. 이 인물의 정체를 알아낸 사람은 이스카 혼자뿐이었다.

……시스벨의 언니. 그럼 역시 네뷸리스의 왕녀인가?

……세 자매였구나!

시스벨이 동생이란 것은 그들의 대화를 통해 알 수 있었다.

즉, 앨리스와 일리티아 중 누군가가 장녀고, 누군가는 차녀다.

……아마 일리티아가 연상일 것이다.

……외모도 성격도 압도적으로 어른스러워 보였다.

이스카가 봐도 앨리스라는 왕녀는 사랑스럽고 아름다웠다. 당당한 태도에서도 기품이 배어났다.

그러나 이 일리티아란 여성은 외모도 성격도 그보다 한층 더 성숙했다.

색향이 느껴지는 어른의 미모.

시스벨과 싸울 정도로 유치한 구석이 있는 앨리스에 비해——.

이 일리티아란 여성은 시스벨의 도발이나 적대적인 태도조차도 너그럽게 받아들였다. 고귀한 여유로움을 지닌 태도였다.

"……일리티아 언니. 저는 지금 바쁩니다."

언니를 노려보는 동생.

당혹감과 초조함 때문인지 평소와는 달리 조급한 말투였다.

"여왕 폐하의 사자와 합류해서 한시라도 빨리 왕궁으로 가야 합니다."

"아, 맞아. 그랬지?"

언니는 뺨을 손으로 감싸면서 즐거운 목소리로 말했다.

"이 열차도 이제 곧 차고로 들어갈 테고. 차장이 오기 전에 이야기를 끝내야겠구나."

"……더 할 이야기가 있나요?"

"물론이지. 여기 이분들과 이야기를 하고 싶다고 말했잖니?"

여전히 경계하는 시스벨에게 그렇게 말하더니.

에메랄드빛 머리카락을 지닌 왕녀가 다시 한번 이쪽으로 시선을 옮겼다.

"여러분. 저희 왕궁 측도 이미 보고를 받았습니다. 네 분께서는 독립국가 알사미라의 용병이고, 시스벨이 여러분을 고용했다고 하던데요."

순간적인 침묵.

그때 진이 부대를 대표해서 맞장구를 쳤다.

"그렇다. 우리는 거기서 의뢰를 받았어."

"어머, 그래요? 그럼 그건 제 착각이었던 걸까요?"

"?"

"저는 여러분이 제국군이신 줄 알았어요. 1년 전에 이 아이를 도망치게 해주신 사도성 이스카와, 그가 속한 부대의 멤버들이신

줄 알았습니다."

"?!"

동요하지 마──.

미리 그렇게 경고했어도 소용없었을 것이다. 네네와 미스미스 대장이 헉 하고 숨을 들이켰고, 진이 눈살을 찌푸렸고, 이스카도 반사적으로 부르르 떨었다.

제발 잘못 들었기를.

방금 이 여자가 「사도성 이스카」라는 이름을 입에 올린 것 같은데.

"어…… 언니……?!"

시스벨이 비틀거렸다.

핏기가 싹 가셨다. 입술이 새파랗게 변했다.

"무, 무슨 말씀을 하시는 거예요…… 이 사람들은…………."

"실은 제가 제국군과도 사이좋게 지내던 시기가 있었답니다. 남들에게는 비밀로 하고."

풍만한 가슴을 강조하는 것처럼 팔짱을 끼고.

네뷸리스의 순혈종이 쿡쿡 소리 내어 웃었다.

"물론 저는 몸도 마음도 『황청 사람』입니다. 쉽게 말씀드리자면, 제국을 상대로 조국을 배신한 척하면서 이중 스파이 노릇을 한 것이지요."

"뭐? 네가……?"

"하지만 그것도 제국 사령부에 들키고 말았습니다. 그래서 오래전에 제국군과는 연을 끊었는데요. 그래도 그 경험 덕분에 제국군과 관련된 정보는 손에 넣었고, 이쪽에서 제국에 일방적으로 통보할 수 있는 연락수단도 여전히 가지고 있답니다."

그러니까 어설픈 연극은 하지 마세요. 알았죠?

이 마녀는 암시적으로 그렇게 말하는 것이었다. 너희들의 정체는 다 알고 있다고.

"시스벨, 이 사실이 여왕님께 알려지면 큰일 날 거야. 그렇지?"

"네?!"

"네가 제국군과 함께 있는 모습은 이미 터미널에서 수백 명이나 되는 사람들이 봤어. 가면 경의 목격담도 필요 없을 만큼. 이 역에서 얻어낸 목격담만으로도 루 가문의 평판을 비롯한 모든 것은 땅에 떨어지겠지. 안 그래?"

"…………."

시스벨은 대답하지 않았다.

파랗게 질린 입술. 부들부들 조금씩 떨리는 여린 어깨.

"여러분. 제가 『부탁』을 하나 드리고 싶은데요."

일리티아는 제907부대를 보면서 말을 이었다.

"어려운 부탁은 아닙니다. 여러분은 제 동생의 부탁도 들어주셨으니 틀림없이 제 부탁도 들어주실 거라고 믿어요. 그러나 만약 거절하신다면——."

"우리를 제국 사령부에 밀고하겠다는 건가."

"마음대로 상상하셔도 좋습니다. 하지만 만약 그렇게 된다면 여러분도 곤란하실 테죠? 제국 부대가 마녀를 호위하다니, 사령부가 알게 되면 난리가 날 겁니다."

진의 한마디에 대해 일리티아는 한쪽 눈을 찡긋하며 윙크했다.

즐거운 목소리.

협상을 하는 것이 아니라 마치 게임을 즐기는 듯한 태도였다.

……제국군의 이중 스파이라고?

……말도 안 되는 이야기다. 우리에게 그렇게 고백한 시점에서 그건 거짓말일 가능성이 높았다.

일리티아는 여왕의 딸이다.

제1왕녀가 제국군과 손잡았다면, 그것은 오히려 약점이 될 것이다. 시스벨이 그 사실을 여왕에게 보고하기만 해도 일리티아는 왕녀 지위를 잃어버릴 테니까.

……그런데 이 여자는 처음 만난 나의 정체를 한눈에 간파했다.

……이 왕녀가 제국군과 연줄이 닿아 있는 것도 틀림없는 사실이었다.

고로 거스를 수 없었다.

일리티아를 불쾌하게 만든 순간, 제907부대의 행동이 제국 사령부에 알려지게 될 것이다. 그러면 우리는 더 이상 제국에 돌아가지 못한다.

"미안하게 됐구나. 시스벨."

말문이 막힌 동생에게 친절하게 말을 거는 언니.

네뷸리스 제1왕녀는 동생의 가녀린 어깨에 손을 얹고 온화하게 말을 이었다.

"제국 부대는 나를 거스르지 못해. 너의 호위병들은 이제 나의 소유물이야."

시스벨이 간절히 매달리다시피 협상을 해서 겨우 손에 넣은 제국 부대가, 지금 언니인 일리티아에 의해 순식간에 장악되고 말았다.

——마녀.

이토록 무서운 지략을 가진 사람이 존재할 줄이야.

그런데 실은 이 일리티아가 『앨리스의 언니』라는 사실이 이스카에게는 가장 큰 충격을 주었다.

……하나도 안 닮았잖아.

……이 장녀는 앨리스나 시스벨과는 전혀 다른 존재였다.

자신의 감정을 솔직히 드러내면서 인정에 호소한 앨리스와 시스벨.

그러나 이 장녀는 오히려——.

팔대사도.

온갖 압력으로 타인의 마음을 짓밟는 그 제국의 최고 권력자들을 연상시키는 것이었다.

"……언니."

시스벨이 힘겹게 쥐어짜듯이 소리를 냈다.

"……제가 만약 언니의 발언을 여왕님께 전달한다면 어떻게 될까요."

"무슨 뜻이니?"

"물론 저는 왕녀답지 못한 짓을 했습니다. 그러나 신념을 가지고 한 행동이에요! 그에 비해 언니는 어떻습니까?! 제국과 공모했다고요? 그거야말로 용서받지 못할 죄가 아닙니까?!"

서로의 목에 칼을 겨누었다.

둘 중 누군가가 비밀을 폭로하면, 나머지 한 명도 즉시 상대의 비밀을 폭로할 것이다.

"후후. 시스벨, 그렇게 무서운 표정 짓지 마. 난 이래 봬도 너를 걱정해서 여기까지 온 거란다. 왕궁에 제국 부대를 데리고 가는 것은 용서받지 못할 행위니까. 언니로서 그걸 막으려고 하는 것은 당연한 일이잖니?"

태연하게 시스벨의 어깨를 툭 치는 장녀.

"난 너를 위해서 제안하는 거야."

"……그, 그게 무슨 뜻이죠?!"

"자, 여러분. 저의 『부탁』이 무엇인지 말씀드리겠습니다."

들어줄 수밖에 없었다.

제국 부대라는 사실을 들킨 이상, 여기서 저항하면 성령 부대에게 포위될 것이다. 그리고 운 좋게 도망치더라도 제국 사령부가 이 호위 사건을 알게 된다면 우리는 영영 고향땅을 밟지 못할 것이다.

……어떤 명령이든 거부할 수 없었다.

……이미 제국 부대임이 밝혀진 우리에게 도대체 무슨 짓을 시

키려는 거지?

황청 측에 붙으라는 건가?

아니면 우리를 구속하려는 건가?

"즐거운 한때를 보내자는 거예요."

숨 쉬는 것조차 불가능한 긴박감이 느껴지는 가운데. 네뷸리스 황청의 왕녀는 생글생글 웃으며 말을 이었다.

"여러분, 루 가문의 별장에서 바캉스를 즐겨주세요."

"——?"

뭐라고?

네네와 미스미스가 멍하니 눈만 깜빡거렸다.

진은 말없이 미간을 찡그렸다. 그 앞에서 일리티아가 이야기를 계속했다.

"귀여운 제 동생을 여기까지 호위해주신 여러분께 보답을 하고 싶습니다. 여러분을 저희 저택으로 초대하고 싶어요. 구속이나 심문은 일절 하지 않겠습니다."

"…………저, 저기요?"

미스미스 대장이 조심조심 입을 열었다.

"그, 그건…… 다, 다시 말해서……?"

"네, 다시 말해서. 여러분이 열흘쯤 별장에서 리조트 생활을 만 끽하셨으면 좋겠네요. 그 기간이 지나면 여러분을 제국으로 다시 보내드리겠습니다."

"————언니, 적당히 좀 하세요!"

제3왕녀의 날카로운 목소리가 열차 안에 울려 퍼졌다.

"도대체 무슨 생각을 하시는 건가요! 이 사람들이 제국 부대임을 알면서도 루 가문의 별장에 초대한다는 겁니까?!"

"응, 맞아. 소중한 내 여동생을 지켜주신 분들께 그만한 대접을 해드려야지."

"그럼 왕궁에서 대접해야 마땅하지 않나요?!"

"얼마 전에 여왕의 방을 습격당한 참인데, 그곳이 과연 환영 장소로 적합할까?"

"……?!"

"지금은 쿠데타가 언제 일어날지 모르는 상황이란다. 그런 곳에 손님을 들이는 것은 극히 위험한 행위지. 게다가 제국 부대를 왕궁으로 초대한다면 국가기밀 측면에서도 문제가 있는 거 아니니?"

"…………."

시스벨은 할 말을 잃었다.

확실히 일리티아의 주장이 좀 더 논리적이었다. 제국 부대를 왕궁에 접근하게 놔두면 안 된다. 그 논리는 왕녀라면 당연히 받아들일 수밖에 없었다.

"……그건, 그렇죠. 언니 말씀이 맞아요."

"이해해줘서 고마워. 시스벨. 넌 옛날부터 총명한 아이였지."

"하지만! 그렇다면 제국 부대를 당장 국외로 추방해야 맞는 거 아닌가요?! 적군이란 사실을 알면서 루 가문의 별장으로 초대하는 이유가 뭡니까!"

"왜? 터무니없는 행동인 것 같니?"

"네, 그렇습니다!"

"후후. 시스벨. 재미있는 농담을 다 하는구나."

언니는 우습다는 듯이 손으로 입술을 가리면서 말을 이었다.

"제국 부대를 호위병으로 고용한다는 전대미문의 행위를 저지른 시점에서 넌 누구보다도 터무니없는 짓을 해버린 거야. 안 그래?"

"……그, 그건……!"

"안심하렴. 시스벨. 나는 네 편이야."

언니는 어금니를 악무는 동생에게 이야기했다.

"너도 네 나름대로 생각이 있어서 그랬을 테지? 그러나 나도 제국 부대가 우리나라에서 마음대로 활보하는 것을 못 본 척할 수는 없어. 국가 안보를 위해서."

"…………."

"그래서 루 가문의 별장으로 초대하는 거야. 별장은 왕궁에서도 멀리 떨어져 있으니까. 『제국 부대를 왕궁에 접근하지 못하게 하고 격리했다』는 대의명분이 서는 거지. 그다음에 내가 별장에서 그들의 진술을 청취할 거고. 그 기간이 열흘이야. 이해했니?"

아름다운 마녀가 고개를 돌렸다.

이스카, 진, 네네, 미스미스 대장. 한 사람 한 사람의 얼굴을 살펴보고 말했다.

"여러분은 제국 병사이지만, 어쨌든 소중한 내 동생을 지켜준 것은 사실입니다. 간단히 이야기를 들어보고 석방해도 문제없겠다 싶으면 여러분을 다시 제국으로 보내드리겠습니다."

"별장이란 이름의 감옥에서 바캉스란 이름의 감시를 받으라는 건가?"

"아니에요. 제가 벌써 국내 최고의 요리사들을 별장에 불러다 놓았습니다."

진의 야유에도 태연하게 응수하는 일리티아.

"아 참, 시스벨. 너도 같이 가자."

"……네?"

"내가 혹시나 이분들께 무례한 짓을 할까 봐 걱정되지? 그러니 너도 같이 와."

"하, 하지만, 저는…… 왕궁에……."

"후후, 안 돼. 잡았다."

일리티아는 양팔을 벌렸다.

시스벨은 저항할 틈도 없이 순식간에 일리티아의 품속에 갇혀버렸다. 조그만 시스벨의 얼굴이 풍만한 가슴 사이에 푹 파묻혔다.

"……어, 언니?! 이게 무슨……!"

"시스벨. 너는 좀 쉬어야 해. 왕궁으로 돌아가면 틀림없이 지쳐 쓰러질 거야. 별장에서 정양한 다음에 왕궁으로 돌아가렴. 알았지?"

"…………하, 하지만……."

"너를 공격한 비소와즈는 구금됐어. 조아 가문과 히드라 가문은 둘 다 근신 처분을 받았고. 이제 여왕님은 안전해. 누가 뭐래도 그분 곁에는 앨리스가 있잖아. 안 그래?"

"…………."

일리티아는 다정하게 여동생을 품에 끌어안았다.

그러나 그 모습은 마치 사냥감을 꽁꽁 옭아매는 뱀 같기도 했
다. 한순간이라도 그런 생각을 해버린 것은 이스카의 편견 때문
일까.

"다 함께 루 가문의 별장으로 가는 거야. 오랜만에 언니 동생끼
리 오붓하게 잘 지내보자. 후후, 기대되는걸?"

====

이스카 일행이 올라탄 3호차 뒤편.

모든 승객이 떠나간 4호차. 텅 비어 있어야 할 좌석 뒤에서.

"……일리티아 님?!"

린이 기척을 죽이고 몰래 문 너머의 대화를 엿듣고 있었다.

오른손에는 통신기도 가지고 있었지만 지금은 쓸 수 없었다.
통신 내용이 일리티아에게도 들릴 가능성이 있으므로.

"이게 무슨 일이야. 루 가문의 별장으로 데려간다고?"

제국 병사를 왕궁에 접근하게 놔둘 수 없다는 주장.

그것에는 린도 동의했고, 그렇기에 이스카 일행이 왕궁에 들어
가기 전에 막으려고 했었다. 그런데 그 대안으로 그들을 별장에
초대한다고?

말도 안 돼.

……본격적으로 제국군을 루 가문의 심부에 들이는 꼴이잖아.

……앨리스 님조차도 이스카를 포로로 붙잡았을 때 호텔 객실을 이용하셨는데!

별장에는 루 가문과 관련된 기밀이 잔뜩 있었다.

그것을 무턱대고 제국군에 누설하겠다는 게 아닌가.

"일리티아 님. 역시 당신의 행동은 너무 수상해요……!"

처음부터 제1왕녀에게는 혐의가 있었다.

시스벨이 독립국가 알사미라로 갔을 때, 그 행선지를 조아 가문에 누설했다는 배신 혐의.

"가면 경?! 다, 당신이 왜 여기에……."

"휴가를 즐기러 왔지. 나라의 번잡함을 잠시 잊고 리조트로 놀러 온다. 이상한 점이라곤 하나도 없지 않은가?"

그것은 여왕의 사적인 의뢰였다.

그 정보를 아는 사람은 여왕에게서 직접 들은 몇 사람밖에 없었다. 그리고 린과 앨리스를 비롯한 측근들은 여왕의 시야에서 벗어나지 않았다.

거기서 벗어난 사람은 단 한 명. 제1왕녀 일리티아였다.

……조아 가문과 제국 측에 시스벨 님의 위치를 알려준 배신자.

……그게 누구인지도 시스벨 님의 성령술에 의해 밝혀질 것

이다.

그래서 방해한 것이다.

제국 부대를 별장으로 데려가서 진술 청취를 한다는 것은 표면적인 구실이었다.

"진짜 목적은 역시 시스벨 님이야! 시스벨 님을 별장에 유폐함으로써 왕궁에 가지 못하게 하려고 일부러 그런 구실을 꾸며낸 건가?!"

6번 게이트.

일리티아가 시키는 대로 그쪽으로 가는 시스벨과 제국 부대.

린은 그들을 뒤쫓으면서 이를 악물었다.

2

네뷸리스 왕궁 「여왕의 방」──.

저녁노을에 물든 홀에서 앨리스는 린의 보고를 듣고 있었다. 그전까지는 여왕과 함께 동생이 도착하기를 기다리고 있었는데.

"시스벨이…… 루 가문의 별장으로 끌려갔다고?"

『네. 외람된 말씀이오나, 시스벨 님이 왕궁으로 돌아가는 것을 방해하려는 의도가 있는 것처럼 느껴졌습니다.』

"…………."

루 가문의 별장은 중앙주 변두리 지역에 있었다.

왕궁에서 큰일이 났을 때 언제든지 달려가기 위해 자동차로 두 시간이면 갈 수 있는 거리에 별장을 지어놨지만, 그래도 외진 곳이었다.

……시스벨을 멀리 떨어뜨려 놓기에는 충분한 거리였다.

……여차할 때 일리티아 언니가 즉시 왕궁으로 돌아올 수 있는 거리이기도 하고.

너무 멀지도 가깝지도 않은 절묘한 거리였다.

그러나 설마 별장을 유폐 장소로 선택할 줄이야.

"어마마마, 어쩌면 좋죠……?"

"앨리스. 통신기를 이리 주세요."

통신기를 여왕에게 건넸다.

"린. 당신은 일리티아에게 들키지 않았지요?"

『네. 최대한 신중히 움직이고 있습니다.』

"잘했습니다. 그럼 당신은 일단 왕궁으로 돌아오세요. 내가 일리티아에게 사자를 보내겠습니다. 당장 왕궁으로 돌아오라고 할게요."

『네. 하오나 여왕 폐하, 일리티아 님께서 과연 사자의 말을 들을까요……?』

일리티아는 제1왕녀다.

여왕의 부하가 전하는 귀환 명령 따윈 가볍게 무시해버릴지도 모른다.

"앨리스를 보낼 겁니다. 제2왕녀조차 무시하지는 못할 테지요."

『…………알겠습니다.』

"앨리스. 이야기는 들었지요? 당신이 일리티아를 상대해주세요."

여왕이 통신기를 돌려줬다.

"별장에는 일리티아와 시스벨, 그리고 고용된 용병 네 명이 있을 겁니다. 그 호위병들은 우리의 사정을 모르는 타국의 용병들이니 정중하게 대하도록 하세요."

"······앗."

"······? 무슨 문제라도 있나요?"

"아, 아닙니다!"

허둥지둥 고개를 흔들었다. 그런데 아주 중요한 문제를 깜빡했었다.

그래, 맞아. 일리티아한테만 정신이 팔렸는데. 제국 부대도 있잖아?

······이스카가 있잖아?!

······아니, 루 가문의 별장에는 내 방도 있는데?!

앨리스의 방에는 당연히 앨리스의 옷과 속옷도 있었다.

아무것도 모르는 이스카가 "이 방을 마음대로 사용하세요" 하고 그곳으로 안내된다면, 그는 아무런 의심도 없이 방에 있는 옷장도 열어볼 것이다.

그럼 다 들키잖아!

이스카가 앨리스의 방 구석구석을 다 볼 것이다. 그리고 그 방에는 앨리스가 호기심 때문에 충동적으로 들인 좀 과격한 속옷도 숨겨져 있었다.

"어마마마, 이건 심각한 일입니다! 몹시 중대한 사태예요. 제가 반드시 일리티아 언니를 막아 보이겠습니다!"

"그래요, 앨리스. 일리티아는 역시 좀 이상합니다."

"······내 속옷."

"네?"

"아, 아뇨. 아무것도 아닙니다. 어마마마."

시치미를 뚝 뗐다.

속옷 문제는 그렇다 쳐도, 앨리스가 보기에도 일리티아 언니의 행동은 영 이상했다. 별장에서는 단둘이 이야기할 기회도 생길 것이다.

왕궁을 떠나고 싶진 않았지만 어쩔 수 없었다. 이것은 자신이 해야 할 일이었다.

"어마마마. 그럼 저는 이만——."

"앨리스."

"네, 어마마마. 말씀하세요."

"내년 이맘때에는 당신은 이 홀의 주인이 되어 있을 테지요."

"······네에?!"

엄청난 충격이었다. 다리가 후들거렸다. 되물어볼 필요도 없었다. 그만큼 여왕의 의도는 명확했다.

이 『여왕의 방』의 주인이 된다는 것은.

······내가 여왕이 된다는 건가?

······너무 빠르지 않아?! 난 아직 열일곱이고, 올해 겨우 열여

덮이 되는데.

여왕의 첫째 조건은 「강한 힘」.

제국과의 전쟁에서 승리하기 위해 여왕은 젊음과 강한 힘을 갖춰야 한다. 왕가에는 그 조건을 만족시키는 후보자가 여러 명 있었다.

……아직 콘클라베가 시작되지도 않았는데.

……조아 가문도 히드라 가문도 콘클라베에 참전할 대표자를 준비해놨을 텐데.

물론 앨리스도 여왕이 되고 싶었다. 제국을 쓰러뜨리고 성령술사가 차별받지 않는 세계를 만드는 것이 앨리스의 비원이니까.

그러나 여왕의 저 발언은 시기상조가 아닐까?

"……어마마마. 아니, 여왕 폐하……."

"그런 마음가짐을 가지고 있으라는 겁니다. 지금은 기억만 해두세요."

담담하게 말을 잇는 네뷸리스 8세.

"일리티아는 당신에게 맡기겠습니다. 어떤 식으로든 일리티아를 왕궁으로 잘 데려오길 바랍니다."

"……네."

앨리스는 인사를 하고 여왕의 방을 뒤로했다.

Intermission
『특무 : 최종 단계』

the War ends the world /
raises the world

단일 요새 영역 「천제국」——.

통칭 「제국」이라 불리는 이 군사 국가는 천제 융메룽겐의 이름 아래 제국 의회가 다스리고 있었다.

그곳의 지하 5,000m 지점.

군사 구역 중앙 기지에 있는 승강기를 타야지만 도달할 수 있는 의사당. 그곳에서 의원이 아닌 누군가의 목소리가 울려 퍼졌다.

『네뷸리스 3대 혈족. 루, 조아, 히드라. 지난 100년 동안 콘클라베를 통해 대대로 여왕을 배출해왔다…….』

조명을 받아 드러난 한 남자.

『이른바 순혈종. 시조 네뷸리스의 피를 이어받은 마녀들과 마인들.』

발소리는 나지 않았다.

제국이 자랑하는 자객 부대인 기구 Ⅵ사 출신. 이 남자는 총과는 무관한 사일런트 킬링(격투 기술)의 달인으로 알려져 있었다.

사도성 제8위 『보이지 않는 신의 손』 네임리스.

머리부터 발끝까지 진회색 코트 슈트로 뒤덮인 남자가 원탁 가장자리에서 멈춰 섰다.

『겉으로는 왕족이네 뭐네 하면서 잘난 척하고 있지만, 무대 뒤에서는 여왕 자리를 놓고 치열한 골육상쟁을 벌이고 있다 이거지. 흥, 역시 괴물은 괴물이군. 멋이 없어.』

"그런가? 거물이라면 괴물이어도 상관없어. 난 대환영이야."

원탁 앞──.

책상다리를 하고 바닥에 앉아 있는 야성미 넘치는 여군이 있었다.

작은 몸집. 그러나 탱크톱 밖으로 튀어나온 팔뚝은 강철처럼 단단했다. 부스스한 긴 머리카락과 구릿빛 피부. 입술 사이로 언뜻 드러난 송곳니가 기묘하리만치 길쭉했다.

"너와 한 팀이 되는 건 오랜만이다. 그렇지? 네임리스야."

『……메이. 아직 살아 있었나.』

"아하하. 그걸 말이라고 해? 난 죽어도 되살아날 거야. 이렇게 재미있는 『마녀사냥』은 제국 역사상 처음 있는 일이잖아?"

커다란 봉지에서 비스킷을 꺼내 먹는 그 여자.

사도성 제3위 『쏟아지는 폭풍우』 메이.

기구 V사──주인 없는 땅으로 알려진 미개척 영역에 배속된 제국 병사 중에서 두각을 나타내어 마침내 사도성 자리에 오른 여자였다.

"……어휴."

"어~? 리샤야. 왜 땅이 꺼져라 한숨을 쉬어? 나와 같이 황청으로 가는 게 그렇게 기뻐?"

85

"아뇨, 아닙니다. 그냥 좀~ 요즘 들어 외국 출장을 자주 나간다는 느낌이 들어서요. 난 제도에 틀어박혀 있고 싶은데. 우울해요."

리샤는 원탁 위에 힘없이 엎드려 한숨을 푹 내쉬었다.

리샤 인 엠파이어.

영리해 보이는 외모. 지적인 검은 테 안경이 잘 어울리는 늘씬한 여성. 미스미스와 동갑인 스물두 살인데, 이 사람은 제국 역사상 보기 드문 속도로 사도성 자리까지 단숨에 올라간 재녀(才女)였다.

"저기, 솔직히 말하자면요."

리샤는 탁자 위에 엎드린 채 두 자리 옆을 쳐다봤다.

"제1위 씨가 천제 각하의 곁을 떠난다잖아요. 그럼 참모인 내가 제도에 남아 있어야 하지 않을까요? 진짜로."

"아하하! 리샤야. 원망이 가득해 보이네? 그런데 어쩌니. 천제 각하께서 허가해주셨는걸."

리샤와 메이가 동시에 쳐다보는 곳.

그곳에는 가느다란 장검을 소지한 남자가 앉아 있었다. 갑주와 코트가 일체화된 전용 전투복을 입은 남자. 주홍 머리 대검 검사.

사도성 제1위 『순(瞬)』의 기사 요하임——.

본디 그는 천주부(天主府)에 머물면서 한시도 천제의 곁을 떠나지 말아야 하는 존재다.

"요하임아. 저번 집회 이후로는 처음 보네?"

"…………."

"어휴~ 언제나 과묵하기 짝이 없다니까. 도대체 언제쯤 되면

천제 각하께서는 이런 놈을 밀어내고 나를 1등으로 만들어주실
까? 응, 네 생각은 어때? 리샤야."

"그건 각하께서 결정하실 일이죠."

"에이, 뭐야. 재미없어."

다 먹은 비스킷 봉지를 휙 던지는 메이.

제국 의사당에서는 취식 금지. 그런 당연한 불문율을 태연하게
깨뜨리는 사람은 아마 이 여군밖에 없을 것이다.

"어~ 그러면, 내가 만약 마녀의 수괴(首魁)를 사냥하는 데 성공
하면?"

"네뷸리스 여왕을요? 그러면…… 글쎄요. 그쯤 되면 천제 각하
도 움직이시지 않을까요? 뭐, 움직이지 않을 수 없는 상황이라고
나 할까……."

"오~? 그럼──."

"쓸데없는 짓이다."

사도성 제3위의 말을 가로막는 한마디.

쇠끼리 부딪치는 금속음 같은 중압감을 발산하면서 그 남자가
입을 열었다.

"어, 요하임아. 뭐라고?"

"여왕은 내가 사냥할 거다."

검사는 눈을 감은 채 중얼거렸다.

"그렇지? 팔대사도."

『──다들 혈기 왕성해서 보기 좋군.』

『특무「여왕 포획 계획」. 오늘부로 최종 단계로 이행한다.』

부웅 하고 배기음이 들렸다.

의사당 벽에 설치된 모니터. 그곳에 여덟 사람의 흐릿한 실루엣이 떠올랐다.

──팔대사도.

제국 의회를 총괄하는 여덟 명. 제국의 최고 권력자들.

『6일 전.』

『네뷸리스 왕궁에서 여왕을 암살하려는 쿠데타가 발생한 것은 사도성 제군도 알고 있을 터. 그리하여 황청은 아직 동란을 겪고 있다.』

『우리 제국은 그 혼란을 이용할 거야.』

황청 내부에서는 네뷸리스 혈통에 의한 여왕 암살 계획.

황청 외부에서는 제국군 정예에 의한 여왕 포획 계획.

둘 중 어느 쪽이 성공해도 상관없다.

어느 한쪽이 성공한 순간에 제국과 네뷸리스 황청의 군사 균형은 무너질 것이다.

『메이. 준비는 됐나?』

"당연히 됐지."

메이는 손가락에 묻은 비스킷 가루를 핥으면서 대답했다.

"황청과 가까운 중립도시에 나와 네임리스가 선발한 자객 부대를 침투시켜놨으니까. 이제 국경을 넘기만 하면 돼. 그건 리샤가 맡았나?"

"나도 준비는 끝냈습니다."

턱을 괴는 리샤.

"성령 에너지를 조사(照射)해서 제국 병사의 몸에 인공 성문을 새기는 실험은 종료됐습니다. 언제든지 국경 검문소를 통과할 수 있어요."

『잘했어.』

『다들 계획대로 잘하고 있군.』

박수 소리가 울려 퍼졌다.

영화의 한 장면에서 뚝 떼어온 것처럼 차가운 박수였다.

『국경을 통과한 다음의 루트는 이미 제시한 것과 같다.』

『여덟 가지 패턴으로 분산되어 중앙주로 향해야 해. 그리고 중앙주에 도착한 그룹은 왕궁 앞에서 대기한다.』

네뷸리스 왕궁──.

시조의 후손이 사는 『별의 요새』는 과거에 제국 병사가 한 명도 침입에 성공하지 못한 미지의 성이었다.

그러나 왕궁 구조는 제국군에게 다 알려져 있었다.

『네뷸리스 왕궁은 네 개의 탑으로 구성되어 있다.』

『별의 탑, 달의 탑, 태양의 탑. 그리고 「여왕궁」이라고 불리는 본성.』

『제군이 노려야 할 곳은 태양의 탑을 제외한 모든 성이다.』

"——아하하!"

사도성 제3위 메이가 못 참겠다는 듯이 웃음을 터뜨렸다.

"몇 번을 들어도 참 우습다니까? 히드라라고 했나? 그렇게 노골적으로 침공하면, 우리에게 붙은 배신자가 누구인지 스스로 광고하는 꼴이잖아?"

배신자는 히드라 가문.

여왕 암살을 노린 쿠데타의 주모자이자, 제국 측에 여왕 포획 계획을 제안한 당사자라고 한다.

이곳에 있는 사도성들이 오늘 아침에 알게 된 기밀정보였다.

"여왕을 포획한다. 왕궁을 불태운다. 그러나 히드라 가문이 있는 태양의 탑만 멀쩡하게 남겨둔다. 그러면 누가 범인인지 금방 들통날 텐데?"

『그건 우리가 관여할 일이 아니야.』

『제군의 임무는 단순하다. 제국군 최강 전력으로서 네뷸리스 왕궁에 쳐들어가서 여왕과 그쪽 관련 순혈종들을 포획하는 것이다.』

"……말은 참 쉽게 하시는데요."

리샤는 원탁 위에 준비되어 있는 「마녀 명부」의 페이지를 넘겨보면서 쓴웃음을 지었다.

이것도 히드라 가문이 보내준 명부라고 한다.

"A급 타깃이 여왕 네뷸리스 8세, B급 타깃이 조아 가문의 당주 그로울리. C급 타깃이 조아 가문의 키싱. 빙화의 마녀 앨리스리제 등등……."

난이도를 따진다면 「어려움」 정도가 아니라 「무모하고 불가능함」 수준이었다.

애초에 과거 100년에 걸친 전쟁에서 제국군은 순혈종을 한 번도 붙잡지 못했다. 그런데 최소한 두 놈은 잡으라는 것이다. 그것이 팔대사도의 요구였다.

『괜찮아. 별것 아니야.』

『황청을 섬멸하는 것이 목적도 아니고. 그저 마녀와 마인을 두 놈쯤 사냥해오기만 하면 돼. 알았지?』

"……전부 다 거물 중의 거물인데요."

바닥에 앉아 있는 동료를 힐끗 보는 리샤.

"메이 씨. 무슨 계획이라도 있습니까?"

"응? 나? 없는데? 그냥 대~충 습격해서 대~충 사냥할 건데?"

제3위는 마녀 명부를 보고 코웃음을 쳤다.

"아하하. 빙화의 마녀가 있네. 네임리스야, 이거 저번에 네가 죽이려다 실패한 녀석이지? 아~ 아니다. 걔가 너를 죽이려다 실패한 거였나?"

『글쎄.』

원탁 가장자리에 있는 남자가 무심하게 건성으로 대답했다.

『목표물을 정해봤자 운 좋게 마주칠 수 있는 것도 아니니까. 눈에 띄는 놈부터 차례대로 사냥하면 돼.』

"오~ 나랑 똑같네?"

『그렇군.』

"의기투합! 우리 오늘 저녁이나 같이 먹을래?"

『사양한다.』

네임리스는 툭 내뱉듯이 그렇게 대꾸하고 몸을 휙 돌렸다.

팔대사도의 모니터를 등졌다.

『네임리스. 가는 건가?』

『제국이 자랑하는 사일런트 킬링의 정점. 그 명성에 걸맞은 활약을 기대할게.』

네임리스는 대답하지 않았다.

이어서 메이가, 리샤가, 한 명 한 명 차례대로 일어나더니 서로 다른 승강기를 타고 사라져갔다.

마지막으로 남은 사람은 주홍 머리 검사.

『요하임. 자네 목표물은 오직 여왕 하나야.』

『다른 놈들은 전부 무시해도 돼. 여왕은 반드시 여왕의 방에 있을 거야. 다만 걱정되는 것은, 빙화의 마녀가 그곳에 같이 있는 경우인데──.』

"없어."

사도성 제1위가 눈을 떴다.

가느다란 장검을 등에 지고. 『순』의 기사 요하임이 일어났다.

"빙화의 마녀는 지금 **왕궁에 없다.**"

Chapter.3
『세 자매 전쟁』

the War ends the world /
raises the world

1

네뷸리스 황청, 중앙주———.

평화로운 전원과 삼림. 머나먼 지평선 위로 펼쳐진 하얀 산봉우리들이 보이는 도시 교외.

……벌써 세 시간째.

……주요역에서 차에 사실상 강제로 탄 채 여기까지 쭉 달려왔다.

메탈릭 컬러로 된 고급차에 탄 사람은 이스카를 비롯한 제국 부대 네 명과 시스벨. 그 앞에서 달려가는 차에는 제1왕녀 일리티아가 타고 있었다.

창밖에서는 하늘이 서서히 붉게 물들고 있었다.

곧 밤이 된다.

이대로 끌려가는 것이 정말로 잘하는 짓일까? 이스카는 물론이고 옆에 앉아 있는 진과 네네, 미스미스 대장도 똑같은 걱정을 하고 있는 듯했다.

"도착했어요."

그때 침묵을 고수하던 시스벨이 고개를 들고 그렇게 말했다.

자동차 두 대는 오래된 돌담을 통과하여 벌판에 멈춰 섰다. 차에서 내려 뒤를 돌아본 미스미스 대장이 큰 소리로 말했다.

"어? 이게 뭐야. 설마 이건, 벌판이 아니라……."

"정원입니다."

"정원이라고?! 아, 아니…… 운동장만큼 넓은데?!"

"이 정도는 별것 아닙니다."

시스벨은 넓은 잔디밭 위에 서서 천연덕스러운 표정을 지었다.

"100년 전 저희의 선조님께서 오셨을 때는 미개척지였습니다. 무척 황폐하긴 해도 드넓은 땅이 사방에 널려 있었다고 해요."

"……그, 그랬구나."

제국군 대장으로서 뭐라 대답하기 어려웠을 것이다.

과거에 성령술사를 박해하여 제국령 바깥으로 쫓아낸 것은 다름 아닌 제국군이었으므로.

"혹시 이 아름다운 성이……."

"저희 별장입니다."

잔디밭에 둘러싸인 하얀 고성(古城).

일국의 성이라면 좀 작은 편이겠지만, 일가가 사는 별장치고는 정말 엄청난 규모였다.

"……내 방의 수백 배는 되어 보이네."

"어머? 그건 이스카의 방이 너무 작은 거예요. 한번 구경해보고 싶긴 하지만요."

시스벨이 오랜만에 미소를 지으며 말했다.

그런데 그때.

"여러분, 긴 여행을 하느라 수고하셨습니다. 어서 오세요. 루-에르츠 궁전에."

에메랄드빛 머리카락을 지닌 왕녀가 이쪽을 돌아봤다.

풀냄새 나는 바람을 받아서 나풀거리는 길고 선명한 머리카락과 원피스. 은은한 붉은색으로 물든 하늘을 등지고 미소를 짓는 그녀의 모습은 일류 영화배우조차 능가할 정도로 아름다웠다.

"이 저택이 여러분의 집이 될 것입니다. 편안한 바캉스를 즐기는 데 필요한 것이 있다면 뭐든지 말씀해주세요."

"그럼 당장 하나 물어볼게. 이 저택의 주인은 당신인가?"

"주인은 저희 어머니이십니다."

진의 질문에 망설임 없이 대답하는 제1왕녀.

"어머니도 왕가를 섬기는 분이신데 지금 여기에는 안 계십니다. 저와 시스벨, 그리고 이 저택의 고용인들이 여러분을 환영할 것입니다."

일리티아가 문 앞에 섰다.

초인종을 누르나? 했더니. 문이 자동으로 열려서 이스카는 내심 깜짝 놀랐다.

……기계식 자동문?

……겉으로는 고성처럼 보이지만 내부는 자동화되어 있는 건가?

저택 주변의 경비가 허술하다고 생각했는데 그게 아니었다.

아마 최신식 감시카메라 같은 보안장치가 곳곳에 설치되어 있을 것이다.

"여러분. 어서 들어오세요."

그들은 일리티아의 재촉을 받아 성안으로 들어갔다.

거대한 두 개의 석상이 버티고 있는 홀.

거울같이 반짝반짝한 바닥에 이스카가 발을 올려놓은 순간 ──갑자기 샹들리에가 빛나는 천장에서 낭랑한 남자 목소리가 들려왔다.

『안녕하신가? 제국 병사 여러분. 자진해서 함정으로 걸어 들어오다니.』

『각오해라.』

──가면 경?!

미스미스를 발로 차서 볼텍스에 빠뜨린 원흉이었다. 게다가 독립국가 알사미라에서도 이 남자만 없었으면 시스벨이 궁지에 빠지지도 않았을 것이다.

앨리스 다음으로 질긴 인연으로 엮인 숙적.

"매복인가?!"

이스카는 그것을 눈치챈 순간 펄쩍 뛰어 뒤로 물러났다. 맨 뒤에 있었던 진이 뒤쪽의 문을 뻥 차서 열었다. 네네와 미스미스 대장이 정원을 살펴봤다.

그와 동시에 이스카는 가면 쓴 남자를 찾으려고 홀을 둘러봤다.

그러나.

아무도 없었다.

성의 홀에는 그저 두 개의 석상만 놓여 있을 뿐이었다. 가면 경도, 그의 부하들도 눈에 띄지 않았다.

"저, 정원에는…… 아무도 없는데?!"

바깥을 살펴보던 네네가 소리쳤다.

당연히 밖에서도 적들이 포위하고 있을 줄 알았는데. 평화로운 잔디밭 정원에는 자동차 두 대가 세워져 있을 뿐이었다.

……이게 무슨 일이지?

……그 남자의 목소리가 들렸다. 그런데 습격해올 기미가 보이지 않았다.

싸늘한 정적이 흘렀다.

이 긴박한 공간에서, 불그스름한 금빛 머리카락을 지닌 마녀가 갑자기 눈을 부릅뜨고 말했다.

"언니, 방금 그 목소리. 언니의 성령이죠……?"

"후후. 너무 자극적이었나?"

즐겁게 웃음을 터뜨리는 일리티아. 전원의 시선이 일리티아에게 집중됐다.

뭐야, 뭐가 어떻게 된 거야?

"미안해요. 제국 부대 여러분. 방금 그것은 저의 일인극이었습니다. 저도 모르게…… 후후. 저의 나쁜 습관이에요."

미모의 마녀가 유쾌한 만족감에 젖어 말을 이었다.

"그런데 여러분도 신경 쓰이시지 않았나요? 지금부터『마녀』의
저택에서 며칠을 보내야 하는 이 상황에서 마녀인 저의 성령이
뭔지 궁금하셨을 텐데요. 제가 만약 강력한 마녀라면, 여러분이
잠들었을 때 습격할 가능성도 있잖아요?"

"…………."

제907부대는 침묵했다.

일리티아의 사고를 이해할 수 없었다. 지금 이 마녀가 자기 성
령을 일부러 제국 부대에게 가르쳐준 건가?

"방금 그『음성』이 너의 성령술인가?"

"네, 정답입니다. 단지 앵무새처럼 소리를 흉내 낸 것뿐이에요.
왕가의 관계자 중에서도 가장 도움이 안 되는 성령이죠."

진이 질문하자, 일리티아가 순순히 긍정했다.

"장기자랑으로 쓰기도 어려운 성령술입니다. 그러니 안심하고
편하게 지내세요. 이 바캉스 기간에 제가 못된 짓을 하지는 못할
거예요. 저의 성령술로는 갓난아이를 다치게 하는 것조차 불가능
해요."

"……자학하는 거냐?"

"자학이요? 음…… 아뇨, 그런 생각은 해본 적도 없습니다. 저
는 **이런 성령이라 다행**이라고 진심으로 생각하고 있거든요."

일리티아가 홀의 차임벨을 울렸다.

가벼운 종소리가 점점 사라져간다. 그때 안쪽 계단에서 고용인

처럼 보이는 소녀들이 나타나 종종걸음으로 내려왔다.

총 다섯 명이었다.

소녀들은 모두 린과 비슷한 가정부 옷을 입고 있었다.

"걱정 마세요. 루 가문의 고용인들입니다."

시스벨이 이스카의 표정을 보고 속마음을 눈치챘는지 그렇게 귓속말을 했다.

"유밀리샤, 아셰, 노엘, 시스테어, 나미. 모두 다 성령술사이지만 공격적인 성령은 아닙니다."

"고용인? 호위병 노릇은 안 해?"

"앨리스 언니의 시종인 린을 생각하시는 건가요? 아뇨, 린이 특별한 겁니다. 시중과 호위를 동시에 하는 것은 보통은 불가능해요."

린.

같은 열차를 타고 중앙주에 도착했을 텐데. 그 후로 이스카는 린을 보지 못했다.

……숨어 있는 건가?

……린이라면 이 저택까지 당연히 쫓아올 수 있었을 것이다.

앨리스도 사태를 파악했을 테고.

"……설마 앨리스도 여기 오는 건…… 아니, 아무리 그래도 그건 아니겠지……."

"이스카? 뭐라고요?"

"아, 아냐. 아무 말도 안 했어!"

시스벨이 그의 이름을 부르자, 이스카는 퍼뜩 정신을 차렸다.

최근 들어 내 상태가 영 이상했다. 긴장을 풀 생각은 전혀 없는데, 어째서 앨리스를 떠올리면 자꾸 현실을 잊어버리게 되는 걸까.

……안 돼. 내가 좀 지나치게 앨리스를 의식하는 것 같아.

……지금은 이 저택을 경계하는 것이 더 급한 일이잖아!

일리티아와 고용인들 다섯 명.

그들의 성령은 하나같이 공격적인 성령이 아니었다. 그렇다면 호위병이 따로 있거나, 저택 그 자체에 강력한 보안장치가 되어 있을 것이다.

우리는 적국의 병사다. 그 점을 잊지 말아야 한다.

"손님 여러분. 객실을 준비해놨습니다."

고용인 소녀가 공손하게 인사했다.

"증오스러운 제국의 병사라 해도, 일리티아 님의 명령이므로 지금은 여러분을 손님으로 모시겠습니다. 이쪽으로 와주십시오."

"…………아, 네."

험악하기 짝이 없었다.

우리가 빈틈을 보이면 저들은 즉시 품에서 칼을 꺼내 공격할 것이다. 그런 살벌한 분위기가 다섯 소녀 모두에게서 느껴졌다.

"어머나. 미안해요. 이스카 씨."

일리티아가 명랑한 목소리로 말했다.

"오랜만에 손님이 오셔서 우리 고용인들도 긴장했나 봐요."

"정말로 긴장해서 그런 거야……?"

"아셰, 내가 직접 손님으로 초대한 분들입니다. 무례하게 굴면 안 돼요. 커피에 구정물을 섞는다든가…… 그런 짓을 하면 안 됩니다."

"하라는 거지?! 은근슬쩍 하라고 하는 거지?!"

"정 하고 싶으면 커피에 세제만 섞으세요."

"그게 더 악질적인 범죄잖아?!"

"————여러분. 이쪽으로 오십시오."

고용인 소녀들 네 명이 각각 이스카, 진, 네네, 미스미스 대장에게 다가갔다.

홀의 계단을 올라 2층으로.

1층에서 일리티아가 웃는 얼굴로 지켜보는 가운데, 이스카는 루 가문의 별장 안으로 깊숙이 들어갔다.

========

네뷸리스 왕궁, 안뜰————.

싱싱한 이파리로 뒤덮인 나무들과, 싱그러운 향기가 나는 꽃들이 자라고 있는 초록빛 정원. 그곳에 왕족 전용차 한 대가 세워져 있었다.

방탄유리, 장갑판, 독가스 대책으로 완전히 밀폐된 공간.

모든 기습에 대항하기 위해 특수 제작한 자동차였다.

"린, 가자!"

"애, 앨리스 님, 잠시만요! 전 방금 왕궁에 돌아왔거든요?!"

외출용 원피스를 입은 앨리스.

거대한 가방을 두 개 짊어진 린이 허둥지둥 그 뒤를 따라왔다.

"앨리스 님, 감히 이런 질문을 드려도 될지 모르겠는데요. 사전에 일리티아 님의 동향을 예측하는 것은 불가능했던 건가요?"

"응, 그건 불가능했어. 언니는 컨디션이 좋지 않다면서 내내 방에 틀어박혀 있었는걸. 그리고 나와 어머니는 비소와즈 사건 때문에 서로 의논하느라 바빴고."

"실례지만 그, 컨디션이 좋지 않다는 것은……."

"지금 이 상황을 보면 그것도 의심스럽지."

컨디션이 나쁘다는 그 말 자체가 거짓말일 가능성이 높았다.

여왕과 앨리스의 눈을 속이고 몰래 주요역에 가서 시스벨을 기다리고 있었을 줄이야.

"린, 다시 한번 확인할게. 주요역에는 일리티아 언니 혼자만 있었다고 했지?"

"네, 그렇습니다!"

린과 함께 후다닥 차에 올라탔다.

운전석에 앉은 남자도 루 가문의 시종이었다. 이 밀폐 공간에서는 무슨 말을 해도 상관없었다.

"……언니는 도대체 무슨 생각을 하는 걸까?"

왕족 전용차가 출발했다.

앨리스는 방탄유리 너머로 흘러가는 풍경을 바라보면서 입술을 깨물었다.

"린. 별장에는 시스벨뿐만 아니라 이스카도 같이 있는 거지?"

"네. 루 가문의 별장에 제국 군인을 초대하다니, 앨리스 님께서는 몹시 불쾌하실 테죠. 그 심정은 저도 충분히 이해합니다."

"…………응."

그렇게 맞장구를 치면서도 앨리스는 별장의 자기 방을 떠올리고 있었다.

어쩌지.

그 방의 옷장에는 앨리스가 숨겨둔 속옷이 들어 있었다. 타인의 시선에서 자유롭지 못한 왕궁에서는 절대로 입을 수 없는 어른스러운 속옷.

소녀의 호기심──.

귀한 숙녀로서 곱게 자란 앨리스에게도 그렇게 어른이 되고 싶어 하던 시기가 있었다.

"……들키면 안 돼."

앨리스는 남몰래 주먹을 꽉 쥐고 굳게 다짐했다.

2

루-에르츠 궁전, 동관 2층──.

"『사수(射手)의 방』이랬나?"

고급 호텔 객실을 연상시키는 거실. 그곳에서 이스카는 정성껏

세팅된 침대를 신중하게 점검하고 있었다.

"베개에 유리 파편이라도 뿌려놓은 거 아냐? 물병에 독이나 타놓지 않았으면 다행인데. 이렇게 일일이 의심하다가는 끝도 없겠어. 우리가 제국 병사라는 사실은 이미 다 들켜버렸으니……."

방으로 안내된 지 한 시간쯤 지났다.

아직까진 아무것도 발견되지 않았지만, 그래도 방심할 수 없었다.

"진은 걱정 없을 테지만, 대장님과 네네는 괜찮을까? 통신……아, 맞다. 몰수당했지."

모든 장비는 몰수당했다.

통신기, 진의 총, 이스카의 성검까지도. 전부 다 바캉스(구류)가 끝나는 날에 돌려줄 거라고 일리티아가 말하긴 했는데.

"…………."

2층 창문에서 보이는 평화로운 마을 풍경.

네뷸리스 왕궁 같은 건물은 보이지 않았지만, 머나먼 지평선 위에는 중앙주의 빌딩의 숲이 흐릿하게 자리 잡고 있었다.

……탈주하려고 마음만 먹으면 창문을 통해 쉽게 나갈 수 있다.

……우리는 활짝 열린 새장에 갇힌 새였다.

도망쳐봤자 소용없다. 이곳은 적국이니까.

국경을 넘어 무사히 제국으로 돌아가더라도, 우리가 마녀를 호위했다는 사실이 제국 사령부의 귀에 들어가면 끝장이다.

──도망치고 싶으면 마음껏 도망쳐 보시죠?

제1왕녀의 웃는 얼굴이 눈 감아도 저절로 눈앞에 떠올랐다.

똑똑……

"이스카."

속삭이는 듯한 목소리가 문 너머에서 들려왔다.

"무사한가요?"

"시스벨?"

"이곳은 원래 손님용 객실이에요. 여기다 무례한 짓을 하지는 않았을 테지만……."

불그스름한 금발 머리 소녀가 미끄러지듯이 가볍게 방 안으로 들어왔다. 그리고 아까 이스카가 했던 것처럼 침대와 탁자를 꼼꼼하게 살펴보고 중얼거렸다.

"거실에는 없는 것 같네요."

"……악질적인 장난의 흔적이?"

"도청기가요."

"…………."

"왜 그러세요? 당신답지 않게 너무 놀라시네요?"

"……어, 그게. 네 입에서 그런 단어가 튀어나올 줄은 몰랐거든. 괜찮아. 내가 조사한 바로는 도청기는 없었어."

이스카도 같은 것을 경계했었다.

이 방에서 제일 먼저 한 일이 도청기와 감시카메라를 찾는 것이었다. 한 시간 가까이 자세히 조사해본 결과, 수상한 물건은 발견되지 않았다.

……시스벨은 왕족이고 이 별장도 자기 소유물이나 마찬가지
니까.

……그런 것은 우리 제국군만 경계하는 줄 알았는데.

"뭔가 수상한 것이 있다면, 그건 일리티아 언니의 소행입니다.
저도 경계해야 하는 처지예요."

소파에 앉는 왕녀.

그런 발언을 하는 것 자체가 이스카에게는 놀라운 일이었다.

"그 사람은 네 언니잖아?"

"네. 그러나 현시점에서 제 행선지를 가면 경에게 가르쳐줬다
고 추정되는 가장 유력한 용의자입니다. 그다음으로 수상한 사람
은 앨리스 언니고요. ……의심스러운 수준을 따진다면 일리티아
언니가 70~80퍼센트 정도이고, 앨리스 언니는 30~40퍼센트 정
도일 겁니다."

"우리가 호위할 때 우리가 가장 경계해야 할 것은 뭐야?"

"도청기입니다. 그리고 감시카메라. 다행히 이 방에는 없는 것
같군요."

천장을 샅샅이 살펴보는 시스벨. 어딘가에 작은 구멍이라도 있
다면, 벽 뒤에 카메라가 설치되어 있을 가능성이 있었다.

"루 가문의 왕녀가 제국군과 공모했다는 증거를 만들려는 거
죠. 요컨대 제가 황청의 비밀을 당신에게 알려주는 장면을 포착
한다든가. 또는 그 반대일 수도 있고요."

"내가 너에게 제국 측의 비밀을 알려주는 순간을 촬영하고 싶

어 한다는 거야?"

"그 점은 반드시 경계해야 합니다. 일리티아 언니가 루 가문의 배신자일 경우를 생각해보세요."

뭔가 이유가 있을 것이다.

네뷸리스의 제1왕녀가 직접 나서서 공갈협박 비슷한 짓까지 해서 자기 동생과 제국 부대를 이 저택으로 끌고 온 이유가.

"제국 사람인 내가 이런 질문을 해도 될지 모르겠는데. 그 일리티아란 사람의 성령은…… 음성을 재현하는 녹음기 같은 건가?"

"녹음기가 아니라 성대모사입니다."

태연하게 언니의 성령술의 정체를 폭로하는 동생.

"언니가 스스로 보여줬으니까 괜찮을 테죠. 언니의 성령은『음성』을 만들어내는 것입니다. 과거에 들어본 적이 있는 사람의 음성을 재현할 수 있어요. 아까 가면 경의 목소리를 흉내 냈듯이. 녹음이 아닌 성대모사이므로, 자기 마음대로 대사를 바꿀 수 있습니다."

"아무 말이나 다 할 수 있다는 거야?"

"네. 하지만 그렇게 마음대로 바꿀 수 있기에, 증거 효력은 없습니다."

"아…… 그렇구나."

시스벨의『등불』은 과거의 사상을 그대로 보여준다.

그것은 수정된 내용이 아니므로 왕가에서 절대적인 탐정 능력으로서 신뢰를 받고 있었다. 반대로 일리티아의 능력에는 그런 장점이 없었다.

……단순한 성대모사였다.

……중립도시의 길거리에서 공연하는 사람들의 성대모사와 똑같은 것이었다.

쓸모가 없다.

"황청의 일반인이라면 그래도 괜찮았을 테지만요. 언니는 제1왕녀입니다. 여왕님과 신하들 앞에서 그런 성대모사를 해봤자 다들 기막혀할 게 뻔하잖아요?"

"왕녀에게는 어울리지 않는 능력인가……."

솔직히 말해서. 도저히 시조의 말예라고 상상할 수 없을 정도였다.

……순혈종의 성령은 예외 없이 강력한 줄 알았다.

……나뿐만 아니라 제국 사령부도 그렇게 생각해서 그토록 경계했던 것인데.

빙화의 마녀 앨리스리제나 가시의 마녀 키싱의 압도적인 전투력——.

공간이동을 하는 가면 경의 암살 능력도 대단히 위험했다.

시스벨의『등불』성령도 엄청났다. 그 능력으로 얻어내는 정보는 전쟁의 전력 균형조차 깨뜨릴 정도였다.

……그런데. 이런 예외도 존재하는구나.

……하필이면 제1왕녀 일리티아만 그런 성령을 가지고 있다니.

일리티아가 자신의 성령을 보여준 행위에는.

숨길 가치조차 없다는 자학적인 감정도 섞여 있었을 것이다.

"그 사람이 스스로 말했잖아. 『왕가에서 가장 도움이 안 되는 성령입니다』라고."

"네. 실제로도, 왕가의 다른 성령을 당신에게 가르쳐줄 수는 없지만, 일리티아 언니의 성령이 가장 『쓸모없다』는 이야기는 신하들 사이에서도 나오고 있으니까요."

시스벨이 문득 쓴웃음을 지었다.

"얄궂은 이야기죠. 화술과 교양, 품격, 누구보다도 빼어난 미모…… 일리티아 언니에게는 인간으로서의 모든 장점이 갖춰져 있습니다. 그에 걸맞은 성령만 있었으면, 틀림없이 언니가 차기 여왕이 되었을 텐데요."

"……그 정도야?"

"네. 여왕으로서의 적성만 따진다면 저도 앨리스 언니도 일리티아 언니의 발끝에도 미치지 못합니다. 조아 가문도 히드라 가문도 패배를 인정하고 항복했을 거예요."

하늘은 두 가지 선물을 줬다. 뛰어난 미모와 지성.

그러나 『별』은 선물을 주지 않았다.

일리티아에게 깃든 성령은 네뷸리스의 여왕이 되기엔 너무나 약했다.

"제국군인 당신은 알고 있을 테죠. 네뷸리스의 여왕은 강력한 성령술사여야 합니다. 그것이 첫째 조건이에요."

"어, 사실 시조의 혈통은 전부 다 강한 줄 알았어."

"그런 의미에서는 일리티아 언니는 특수한 상황입니다. 하지만 그 대신 다른 분야에서 무섭도록 강해요. 도대체 어떤 책략을 꾸미고 있을지⋯⋯."

시스벨이 숨을 토해냈다. 그리고 자리에서 벌떡 일어났다.

"이스카. 갑시다!"

"응? 어디로?"

"그야 뻔하잖아요. 이 별장에서 바캉스를 즐길 거라면, 루 가문의 일원이 저택을 안내해야지요. 이 저택을 구석구석까지 안내하면서——."

제3왕녀가 문 너머를 가리켰다.

"감시카메라와 도청기를 찾아볼 겁니다. 일리티아 언니는 반드시 여기서 뭔가를 꾸미고 있을 거예요. 우선 그 목적을 알아냅시다."

루-에르츠 궁전, 동관 2층——.

바닥에 깔린 융단은 오래됐지만 고상한 기하학 무늬였다. 복도 구석에는 거대한 꽃병이 진열되어 있어 마치 미술관 통로처럼 보였다.

"여기가 큰 저택이라는 것은 알겠다만, 그에 비하면 고용인의 숫자가 너무 적은 것 같은데? 아까부터 복도를 돌아다니고 있는데도 한 번을 마주치지 않는군."

"여긴 별장이니까요."

앞장서서 걷던 시스벨이 진의 말을 듣고 멈춰 서서 돌아봤다.

"이 별장은 집무를 보다가 지쳤을 때 휴식하기 위한 장소입니다. 되도록 사람을 만나지 않는 것이 마음 편해서 좋으니까요. 고용인의 숫자도 최소한으로 줄였습니다."

"그래서 아까 그 다섯 명밖에 없다고?"

"네. 그 외에 정원사와 요리사 몇 명이 있습니다. 저택 안을 돌아다니다가 그들과 마주치는 경우는 오히려 적을 거예요."

제국 부대가 이 저택 안을 당당하게 견학하다니. 뭔가 기묘한 느낌이 들었다.

"하지만 미리 설명해드렸듯이 여러분은 일부러 그 고용인들과 만나셔야 합니다. 그 사람들의 눈길을 끌어주세요."

시스벨이 낮은 목소리로 조용히 말했다.

"우리가 마음대로 탐험하고 다녀도 돼?"

"물론이죠. 바캉스니까요. 저택 안을 구경하는 것은 당연한 겁니다. 부디 고용인들에게 들켜서 시간을 끌어주세요. 아셨죠?"

조그맣게 말하는 미스미스 대장에게 시스벨이 또다시 귓속말했다.

"이제 계획대로 진행합시다. 1층에서 눈에 띄게 행동해주세요."

작전 개시.

진, 네네, 미스미스 대장이 입 다물고 계단을 통해 내려갔다. 이스카와 시스벨은 그 뒷모습을 지켜보다가 서로 마주 봤다.

"자, 갈까요? 이스카."

그들의 목적지는 저택 반대편이었다.

이스카와 동료들이 머물고 있는 동관의 반대쪽에 있는 서관.

뭔가 특별한 시설이 있는 것은 아니었다. 중앙 복도를 건너가면 금방 목적지가 나왔다.

……감시카메라나 도청기.

……시스벨에게 저택 안내를 받는 척하면서 몰래 체크를 했다.

복도 구석이나 꽃병 뒤.

일리티아가 뭔가를 설치했으리라는 것이 시스벨의 추측이었다.

"이 서관에는 제 방이 있습니다. 거긴 밤에 안내해드릴게요."

"뭐야, 방금 이상한 말이 들린 것 같은데……?"

"기분 탓이에요. 아무튼 문제의 물건을 찾는 데 집중해주세요. 제국 군인은 원래 그런 훈련도 받잖아요, 그렇죠?"

"어, 글쎄……."

통로를 살펴봤다.

이스카가 대충 확인해봤을 때 수상한 기기는 없었다. 그러나 정말로 하나도 없다고 단언하기는 무척 어려웠다.

……제국에 없는 타입의 도청기나 카메라가 설치되어 있으면 곤란한데.

……그건 나도 못 보고 지나칠 가능성이 있었다.

"어렵네. 일단 수상해 보이는 곳부터 조사해보긴 할 텐데……."

툭툭. 복도 벽을 두드려봤다.

몇 걸음 이동해서 그쪽 벽도 두드렸다.

"뭐 하는 거예요?"

"소리로 웬만큼 알아낼 수 있거든. 벽에 빈 공간이 있으면."

벽 안쪽을 파내고 그 공간에 도청기를 설치한다. 그리고 얇은 가벽으로 구멍을 가린다. 제국군 첩보 부대라면 그 정도는 한나절 만에 해치울 것이다.

"또 융단 밑에도 있을 수 있어. 두께가 몇 밀리미터밖에 안 되는 도청기는 눈에 띄지도 않을 거야."

"……그걸 찾아낼 자신은 있어요?"

"눈으로 보거나 발로 밟으면 알 수 있어. 집중력이 필요한 작업이라서 피곤해질 테지만."

"와, 멋져요!"

나란히 걷던 시스벨이 이 순간을 기다렸다는 듯이 왼손을 덥석 잡았다. 촉촉하고 부드러운 여자 손가락이 이스카의 손가락에 착 달라붙는 것처럼 감겨 왔다.

"역시 제 부하다워요. 훌륭합니다. 당신만 믿을게요!"

"저기, 나 집중해야 한다니까?! 그리고 나는 부하가 아니라 호위병이라고 했잖아……."

그러나 아무것도 없었다.

성문이 기계화되어 있으니까 내부에도 보안장치가 설치되어 있으리라 상정했는데, 이스카가 조사한 바에 의하면 복도에는 아무것도 없었다.

……그런 장치가 존재한다면. 역시 방에 있는 걸까?

……내 방에는 없었다. 진, 네네, 미스미스 대장의 방에도.

"이렇게 거대한 저택 전체를 샅샅이 조사하기는 어려울 거야. 일단 조사할 수 있는 범위만 조사하고, 그 외의 장소에서는 언동에 주의하자."

"네. 그럼, 이제 조사하고 싶은 곳은…….'"

시스벨이 팔짱을 끼고 한동안 허공을 쳐다보며 생각에 잠겼다.

"확인차 물어보는 건데요. 제 방의 **옆**에 그런 기계가 설치되어 있을 가능성도 있을까요?"

"옆방에서 소리를 엿들을 수 있냐고? 응, 그럴 가능성도 있지."

다행히 제907부대의 방은 다다다닥 붙어 있었다.

이스카의 방 옆에는 진의 방이 있었고, 그곳은 이미 진이 완벽하게 탐색했다. 그렇다면 남은 곳은——.

"제 방의 양옆에 있는 방들이 수상해요. 3층으로 갑시다!"

계단을 뛰어 올라가는 시스벨.

딱 봐도 손님용 객실과는 전혀 달랐다. 문 앞에 커다란 시스벨의 초상화가 걸려 있었기 때문이다.

"여기가 시스벨의 방이란 것은 누가 봐도 알겠다."

"이 유화는 저의 자화상입니다. 2년 전에 그린 거예요."

"농담이지?!"

"농담이라니, 뭐가요?"

"아니…… 저기, 이거, 난 당연히 직업 화가가 그린 유화인 줄 알았어."

이래 봬도 회화에 관한 지식은 꽤 있는 편이었다.

그런 이스카가 전문가의 필치라고 착각할 정도로 시스벨의 자화상은 빛과 색채가 잘 표현되어 있었다.

"이게 2년 전 작품이라고? 놀라운 재능인데?"

"―――."

슬금슬금.

왕녀가 의미심장한 표정으로 이스카의 옷소매를 잡아당겼다. 시스벨의 방에서 몇 미터 떨어진 방. 왕녀는 그곳에 걸려 있는 초상화를 가리켰다.

"일리티아 언니의 자화상이에요."

"뭐? 이거, 사진 아냐……?"

열네 살? 열세 살?

언제 그린 그림일까. 지금의 시스벨보다도 어려 보이는 일리티아.

머리카락 한 올 한 올과 피부의 솜털까지도 표현되어 있는 극사실주의 자화상.

진짜 사람 손으로 그린 그림인가? 고화질 사진을 그대로 캔버스에 붙여놨다고 하는 것이 더 설득력 있어 보이는데.

……신의 경지였다.

……이런 자화상을 그리려면 도대체 얼마나 엄청난 집중력과 기술을 발휘해야 하는 걸까.

일리티아 루 네뷸리스 9세.

성령 이외의 모든 것을 가지고 태어난 제1왕녀. 그 재능의 한 단편이 여기서 하나의 결정체로서 구현되어 있었다.

"문이 잠겨 있네요."

일리티아의 방. 시스벨이 문을 가볍게 밀어봤지만, 장중한 분위기를 지닌 문은 꿈쩍도 하지 않았다.

"어차피 이 방은 제 방과 멀리 떨어져 있으니 괜찮습니다. 문제는 앨리스 언니의 방이죠."

"앨리스의 방도 있어?"

무심코 물어봤는데, 이제 와서 생각해보니 이곳은 현 여왕의 일족이 사용하는 별장이다. 앨리스의 방이 있는 것도 당연했다.

"제 방의 오른쪽에 있어요."

방금 지나온 복도를 다시 지나쳐 안쪽으로 들어갔다.

이 방에도 초상화 비슷한 것이 걸려 있었다. 이스카는 그 그림을 쳐다봤다가 그대로 넋을 잃고 멈춰 섰다.

"…………이, 이건……."

"앨리스 언니의 자화상입니다. 이것도 2년 전에 그린 거죠."

"앨리스. 눈이 세 개였나?"

"아뇨. 처음에 그린 눈이 마음에 안 들어서 다시 그렸을 거예요."

이스카가 쳐다보는 초상화.

사랑스러운 금발 머리 소녀는 그곳에 없었다. 그 대신…… 두 살배기 아이가 아무렇게나 그려놓은 듯한 인간이 아닌 존재가 있었다.

"팔이 열 개나 있어."

"그건 머리카락 덩어리입니다."

"입이 귀까지 찢어져 있는데⋯⋯."

"립스틱 바른 모습을 표현하려다가 묘사가 과해졌다고 하더군요."

"⋯⋯아, 알았다. 이것은 초현실주의적인 표현 기교. 앨리스의 외면을 모방한 것이 아니라, 그 내면의 해방과 이상의 융합을 목표로 한──."

"그런 심오한 그림이 아니에요. 그냥 지독하게 못 그린 겁니다."

옆에서 시스벨이 어이없다는 듯이 웃었다.

"앨리스 언니는 예술을 사랑하지만 재능은 전혀 없어요. 이른바 미식가인 거죠. 미각은 뛰어난데 요리는 서투른 사람들이 있잖아요?"

"아, 그렇군. 이해했어⋯⋯."

"아무튼, 안을 살펴봅시다. 앨리스 언니의 방은 비어 있으니까요."

시스벨이 손짓했다.

벌써 문을 열고 방 안에 들어가 있었다.

"저, 저기. 내가, 앨리스의 방에 들어가야 하는 거야⋯⋯?"

"네, 당연하죠. 방에 들어오지 않으면 카메라도 도청기도 찾을 수 없잖아요. 그걸 거부하다니, 설마⋯⋯."

앨리스의 방 입구에서.

불그스름한 금발 머리 소녀가 이쪽을 뚫어져라 쳐다봤다.

"역시 앨리스 언니와 깊은 관계가……."

"아, 아니, 그건 아니거든?! 우리는 알사미라에서 처음 만났어!"

"……그렇죠? 당신은 제국의 전직 사도성이고, 앨리스 언니는 황청의 제2왕녀니까요. 적대관계인 사람들끼리 공모할 리 없잖아요?"

"마, 맞아, 그렇지."

"그럼 문제없겠네요? 자, 이스카. 이쪽으로 오세요."

이스카는 시스벨의 손에 이끌려 앨리스의 방으로 들어갔다.

얼마나 호화로운 방일까? 하고 생각했는데. 내부 인테리어는 객실과 크게 다르진 않았다. 테이블이나 소파 같은 가구들의 색상이 귀엽긴 했지만, 거실은 오히려 소박한 편이었다.

"왠지 어색한걸. 여자 방에 들어온 적은 거의 없어서……."

"거의 없다고요? 그럼 누구 방에 들어가 봤는데요?"

"네네와 미스미스 대장님 방 정도려나. 꼭 연말 대청소를 도와달라고 하거든. 이 방은 대청소는 할 필요가 없어 보이네……."

책장, 테이블, 소파 등 평범한 가구들만 있었다.

도청기 따위를 찾기는 편할 것 같았다.

"시스벨, 네 방을 도청하는 것이 목적이라면 도청기는 이 거실 벽 쪽에 있을 거야."

벽 너머로 옆방의 소리를 엿듣는 것이 목적.

그렇다면 기기 설치 장소도 정해져 있다.

"어, 우선 벽과 천장은……. 아 참, 시스벨. 시계 뒤는 어때? 거기 이상한 기계가 부착되어 있을지도 몰라."

"아뇨. 없어요. 흔적조차 보이지 않네요."

"창문과 커튼 그늘도 이상 없음. ……아무것도 없어. 우리의 억측이었나 봐."

"아뇨, 분명히 있을 겁니다. 저의 직감이 그렇게 주장하고 있어요!"

융단을 들춰보던 시스벨이 큰 소리로 말했다.

"똑똑한 일리티아 언니가 우리를 여기로 데려왔다고요. 틀림없이 무슨 속셈이 있는 거예요. 그러니까 우선 감시카메라와 도청기의 존재를 의심해봐야 하지 않나요?!"

"응, 하지만 없는걸……."

"아직 수색해보지 않은 곳이 있잖아요. 이를테면, 여기!"

거실 반대편으로.

시스벨이 뛰어간 곳은 바로 앨리스의 침실이었다.

"이스카, 빨리 이쪽으로 오세요!"

"거긴 침실이잖아?!"

"침실이든 욕실이든 다 뒤져봐야 합니다. 제가 범인이라면 반드시 이 방에 뭔가를 숨겨놨을 거예요!"

앨리스의 방 침대 위로 뛰어드는 시스벨.

깔끔하게 정리되어 있던 베개와 시트를 일일이 뒤집어보더니, 이어서 방구석에 있는 옷장에 눈길을 줬다.

"이거예요. 틀림없어요. 저의 직감이 그렇게 말하고 있어요."

"……지, 진짜?"

"두고 보세요. 분명히 엄청난 것이 발견될 테니까."

옷장을 열었다. 그 순간 시스벨의 눈이 휘둥그레졌다.

"이, 이건?! 세상에, 이런 것이 숨겨져 있다니……!"

"시스벨, 왜 그래?!"

"이스카. 아무래도 제가 금단의 상자를 열어버린 모양입니다. 이거 보세요."

시스벨이 이쪽을 돌아봤다. 손에 든 것은…… 까만 끈?

아니, 평범한 끈이 아니었다. 끈처럼 가느다란 천 조각이──.

"우, 우와…… 이렇게 얇고 가느다란 속옷은 처음 봤어요."

"도대체 뭘 발견한 거야?!"

"이건 엄청난 발견이에요!"

제3왕녀가 양손으로 그 속옷을 높이 들어 보였다. 그것은 언니의 옷장 속에 있던 물건. 즉, 백 퍼센트 앨리스의 물건이었다.

……앨리스가 이런 속옷을 입을 줄이야.

……아니, 내가 무슨 상상을 하는 거지?!

이스카는 필사적으로 머리를 흔들어 상상의 이미지를 떨쳐내려고 했다. 그 옆에서 시스벨은 수사에 박차를 가했다.

"끈처럼 가늘고 약간의 탄력성을 지닌 소재. 게다가 촉감도 아주 좋아요. 이스카, 이거 봐요. 당신 생각은 어떻습니까?!"

"으악~?! 가, 가까이 가져오지 마! 왜 나한테 보여주는 거야?!"

"이, 이게 바로 이른바 『어른이 되는 과정』인가요……?"

숨을 거칠게 내쉬는 시스벨. 그 시선은 난생처음 보는 어른의 세계에 꽂혀 있었다.

"저, 정말 파렴치하군요. 설마 언니가 이런 물건을 몰래 가지고 있을 줄은 몰랐어요. 이건 심각한 사태입니다! 좀 더 찾아봐야 해요!"

"도청기는 어쩌고?!"

"이것은 루 가문의 위기입니다! ……헉. 이, 이게 뭐죠?!"

옷장 속 깊숙한 곳에서 진주색 천을 끄집어내는 시스벨.

이번에는 이스카도 그게 뭔지 눈치챘다. 여성의 가슴에 대는 속옷이다. 문제는 그 재질이었다. 그것을 꽉 쥐고 있는 시스벨의 손가락이 비쳐 보일 정도로 얇은 레이스로 된 속옷이었다.

시스벨이 뜬금없이 그것을 자기 가슴에 대보았다.

"……쳇. 일리티아 언니는 논외로 쳐도, 앨리스 언니도 이 정도라니…… 하, 하지만, 난 아직 성장기 청소년이니까요!"

뭔가를 측정하더니 씁쓸하게 입술을 깨물었다.

"아, 아무튼, 이런 수상한 것까지 가지고 있다니…… 음모의 냄새가 납니다! 앨리스 언니는 도대체 뭘 꾸미고 있는 걸까요?!"

"냄새는 무슨 냄새?!"

"이스카, 이것을 보관해주세요. 저는 수색을 속행하겠습니다!"

"이걸 나한테 주면 어떡해?!"

이쪽으로 휙 던져진 속옷 두 개를 우물쭈물 공중에서 받아냈다.

깃털같이 가볍고 부드러운 천의 감촉이 손에 닿았다. 그러나 절대로 이걸 가까이에서 보지 않겠다. 이스카는 눈을 질끈 감았다.

……집중하자, 집중해! 아니, 집중하면 안 돼!

……꽉 쥐면 안 돼. 다른 곳에 놔둬야 해.

"그거, 이리 줄래?"

"응! 자, 여기!"

"……내 속옷…… 꽉 쥐고 있던데…… 그렇게 쥐는 감촉이 좋았어?"

"아, 아니야! 무척 부드러운 천이라 일부러 쥐지 않으려고——."

그렇게 소리 높여 횡설수설하다가.

이스카는 퍼뜩 정신을 차렸다.

어? 지금 내가 누구와 이야기하고 있는 거지?

곱고 사랑스러운 목소리. 하지만 단순히 그뿐만이 아니라, 더없이 강인한 의지의 힘도 동시에 느껴지는 음성.

"…………."

천천히 눈을 떴다.

눈앞에는——.

눈썹을 곤두세우고 어깨를 부들부들 떠는 금발 머리 소녀가 서 있었다. 이스카가 돌려준 속옷을 등 뒤에 숨기고 있는데, 그래도 부끄러운지 두 뺨이 새빨갛게 상기되어 있었다.

"애, 앨리스?!"

"내 방에서 뭐 하는 거야아앗————————?!"

날카로운 절규.

유리창이 파르르 떨릴 만큼 엄청난 성량으로 소리치는 앨리스.
그 소리를 들은 시스벨이 뒤를 돌아본 순간 파랗게 질린 얼굴로
얼어붙었다.

"어, 언니?!"

"시스베에엘————————!"

"꺄아아아아아아악?!"

적인 제국군에게도 좀처럼 보여주지 않는 격앙된 표정으로 셋
째에게 빠르게 다가가는 둘째. 도망치는 사냥감을 순식간에 침대
안쪽으로 몰아넣었다.

마치 쥐를 사냥하는 고양이처럼 민첩했다.

"……너, 봤지?"

"아아아아아앗!! 아, 안 돼요, 얼음 동상으로 만들지 마세요……!
아, 저, 저기, 이건 전부 다 이스카가 저에게 시킨 거예요!"

"아냐, 모함이야!!"

이스카를 등진 채 동생을 덮칠 듯이 다가가는 언니.

그 표정이 어떤지는 상상하고 싶지도 않았다. 사실 이스카는
지금 당장 여기서 도망치고 싶은 심정이었다.

"시스벨."

"네, 네, 언니!"

울먹이면서 언니를 쳐다보는 동생.

"너는 여기서 아무것도 못 본 거야. 내가 호기심 때문에 슬쩍

건드려본 어른의 세계도 너는 보지 못했어. 알았지? 이곳에는 모범적이고 고상한 옷만 있었던 거야."

"……어, 어어……."

"대답해. 알았지?"

"네에에에에엣!"

"──그리고 이스카. 너도 알았지?! 이번 일은 무조건 비밀이야!"

"아, 알았어……!"

"좋아. 목격자는 한 명도 없었던 것으로 하자."

휴. 앨리스는 이마의 땀을 닦았다.

그런 제2왕녀의 등 뒤에서 린이 등장했다. 캐리어를 끌어안은 채.

"앨리스 님, 그렇게 허겁지겁 뛰어가시면 어떡해요? ……어휴, 진짜. 제가 쫓아오느라 얼마나 고생했는지 아세요? ……앗? 제국 검사!"

"이쪽은 신경 쓸 필요 없어. 그보다도 일리티아 언니를 찾아야해. 이 저택 어딘가에 있을 거야."

앨리스가 심호흡을 하면서 숨을 골랐다.

그러다가 금방 또 여동생을 힐끗 봤다.

"시스벨. 왕궁으로 돌아가자. 여왕님도 걱정하고 계시고. 네가해야 할 중요한 일이 있잖아."

"…………."

"시스벨. 왜 그래?"

"……전 못해요."

동생은 피를 토하듯이 목소리를 쥐어짜냈다.

"저는 제국 부대를 호위병으로 고용했습니다. 지금도 그 선택은 잘못된 것이 아니었다고 생각해요. 실제로 히드라 가문의 비소와즈가 저의 목숨을 노렸으니까…… 이이제이로 대항할 수밖에 없었습니다."

"그건 알아. 그다음 일도 알고."

앨리스는 진지한 얼굴로 대꾸했다.

"일리티아 언니가 너의 약점을 잡아 이 별장으로 끌고 왔잖아. 그 장면을 린이 봤고, 여왕님도 알고 계셔. 그래서 내가 맡은 임무는 두 가지야. 제3왕녀를 보호하는 것, 그리고 제1왕녀를 왕궁으로 데려가는 것."

"…………."

"일리티아 언니는 즉시 왕궁으로 돌아갈 거고. 너는 내가 직접 지켜줄 거야."

"──어머나. 그건 좀 곤란한데?"

딸칵.

문손잡이가 살짝 흔들리는 기척이 나더니, 새로운 인영이 앨리스의 침실로 들어왔다.

"실례할게."

속내를 알 수 없는 느긋한 미소를 짓고 있는 왕녀.

둘째, 셋째, 린, 이스카. 그들을 순서대로 바라보고 나서, 에메랄드빛 머리카락을 지닌 이 미녀는 "아이참~" 하고 연극배우처럼 뺨을 붉혔다.

"뭐 하는 거니? 이렇게 꽃다운 소년 소녀가 넷이나 한 침실에 모여 있다니. 왠지 로맨틱한 분위기인걸?"

"언니. 말 돌리지 마세요."

제 뺨을 손으로 감싸는 첫째. 그쪽으로 돌아선 앨리스가 똑바로 상대의 얼굴을 쏘아봤다.

힐문하는 듯한 말투였다.

"당장 왕궁으로 돌아가세요. 이것은 여왕님의 칙명입니다."

"어머? 저기, 내가 시스벨을 이곳으로 데려온 이유가 뭔지. 그건 물어보지 않는 거니?"

"그건 여왕님께서 물어보실 겁니다. 저와는 상관없는 일입니다."

쓸데없는 대화 따위는 필요 없다.

그렇게 말하는 것처럼 앨리스가 한 걸음 앞으로 나아갔다.

"언니. 어서 돌아가시죠!"

"응, 알았어."

"아 네 역시 돌아갈 마음이 없으시다고요. 그럼 저에게도 생각이………… 네?"

"좋아. 돌아가자. 앨리스."

"어…… 저기요?"

앨리스가 눈을 깜빡거렸다.

일부러 강압적으로 몰아붙였는데, 상대가 너무 순순히 응해서 당황하고 말았다.

"하지만 조건이 있어."

일리티아가 앨리스의 코끝에 장난스럽게 손가락을 들이댔다.

"내일. 돌아갈 거야. 공교롭게도 이미 요리사들이 저녁 식사를 만들고 있고, 내일 아침에 먹을 것도 다 준비해놨거든. 고용인들도 열심히 우리의 잠자리를 정돈해놨고. 그 노력을 헛수고로 만들 수는 없잖아?"

"……내일 돌아간다고요?"

"응. 나의 존엄을 걸고 맹세할게. 내일 아침에 나는 왕궁으로 돌아갈 거야. 그럼 되지?"

앨리스는 눈살을 찌푸리고 생각에 잠겼다.

그런 주인 대신 린이 나서서 가볍게 인사하고 입을 열었다.

"일리티아 님. 외람되오나 한 말씀 드리고 싶습니다."

"말해 봐."

"방금 말씀하실 때 시스벨 님은 언급하지 않으셨는데요. 일리티아 님께서 돌아가실 때, 시스벨 님도 같이 가시는 겁니까?"

"아니, 그건 약속한 내용과는 달라."

아름다운 장녀가 단호하게 고개를 흔들었다.

"시스벨은 나와 약속했어. ……그렇지? 시스벨."

"…………네."

시스벨이 인정했다. 그것만은 깨뜨릴 수 없는 약속이었다.

기일은 열흘.

그 전에 시스벨이 왕궁으로 돌아가려고 하면, 제국 부대와 유착했다는 사실이 알려질 것이다.

……그런데 이해가 안 갔다.

……제1왕녀가 이 동생을 별장에 가둬놓으려고 하는 이유가 뭘까?

도청기나 감시카메라는 발견되지 않았다.

일리티아가 이 별장을 고집하는 이유가 반드시 있을 것이다. 혹시 이번에도 또 비소와즈 같은 자객이 파견되는 걸까?

……아니다. 그 가능성은 눈에 띄게 낮아졌다. 앨리스가 있으니까.

……자객이 앨리스와 정면으로 싸우러 왔다가는 금방 격퇴당할 것이다.

그렇기에 위화감이 느껴졌다.

이 제1왕녀는 시스벨을 여기 놔두고 무슨 짓을 하려는 걸까.

"앨리스, 왕궁에 연락해줘. 나는 내일 왕궁으로 돌아갈 거야. 너는 그 후에도 시스벨의 곁에 있어줘. 알았지?"

"……알았어요. 린, 내 통신기를 줘."

린에게서 통신기를 건네받은 앨리스.

그런 앨리스를 보고 일리티아가 말했다.

"아, 앨리스. 여왕님께 연락한 다음에는 영빈실로 오렴."

"네? 만찬을 하기에는 이른 시각인데요."

"그게 아니야. 너도 오늘부터 이곳에 머물 거잖아? 그럼 꼭 해야 할 일이 있지."

장녀 일리티아가 유쾌하게 한쪽 눈을 찡긋했다.

"자기소개. 아직 안 했잖아?"

3

루-에르츠 궁전, 영빈실「저녁놀의 방」.

만찬회장으로 불려온 제907부대. 그들을 맞이한 사람은 일리티아인데, 그 옆에는 급히 달려온 앨리스도 함께 있었다.

"소개하겠습니다. 내 동생 앨리스리제예요. 앨리스라고 부르세요."

"저…… 저는, 차녀인 앨리스리제입니다. **처음 뵙겠습니다**……."

정말 어색한 인사였다.

그야 그럴 수밖에. 눈앞에는 이스카가 있고, 그 옆에는 서로의 정체를 알고 있는 미스미스 대장도 있으니까.

"우리 앨리스는 평소에는 중립도시의 유명한 아이돌을 담당하는 민완 매니저로 활동하고 있습니다. 모쪼록 잘 부탁드려요."

"……언니? 무슨 말씀이세요. 저는 그런 적……."

"그러나 그것은 위장용 신분이죠. 휴일에는 직접 나서서, 10대 패션지에서 10만 명이나 되는 팬들을 사로잡은 수수께끼의 미소녀 모델로 변신한답니다."

"언니, 왜 그래요?!"

당황하여 언니를 말리려고 하는 앨리스.

제삼자가 보기엔 친자매끼리 아웅다웅하는 훈훈한 장면이었지만, 그게 정말로 일리티아의 진심인지는 알 수 없었다.

사실 이스카는 부대 동료들의 반응이 더 걱정되었다.

……진은 앨리스를 처음 만났을 것이다.

……네네는 고개를 갸웃거리고 있지만, 아마 앨리스를 직접 본 것은 처음일 것이다.

마지막으로 미스미스 대장은. 틀림없이 이런 곳에서 제국군의 가장 위험한 적인 빙화의 마녀와 재회하게 될 줄은 꿈에도 상상하지 못했을 것이다.

그리고 예상대로.

"어? 잠깐만. 어디서 본 것 같은데………… 아, 아아아아아앗?!"

미스미스 대장은 앨리스의 얼굴을 보자마자 "헉!" 하고 조그만 비명을 지르더니, 고용인들이 다 지켜보는 가운데 힘차게 손가락을 들어 삿대질했다.

"다, 당신은, 빙화————!"

"잠깐 실례합니다."

"꺅?!"

뒤에서 린이 일격을 가하자, 미스미스 대장은 픽 쓰러져버렸다.

"손님. 피곤하신가 보군요. 유밀리샤, 나미. 이분을 방으로 모셔다드려."

"……으, 으음……."

그들이 미스미스 대장을 밖으로 데려갔다.

131

――나의 신속한 대처에 감사해라. 제국 검사.

린이 그런 의도로 눈짓했다.

앨리스리제를 가리키는「빙화의 마녀」는 제국이 사용하는 멸칭이다. 반사적으로라도 이 별장에서 입 밖에 냈다가는 큰일 날 것이다.

앨리스야 어찌 넘어가더라도, 루 가문의 고용인이나 요리사는 격노했을 것이다.

"야, 이스카. 보스가 방금 무슨 말 하려고 하지 않았어?"

"……내가 보기에도 그런 것 같았는데. 별것 아니겠지, 뭐."

이스카는 진의 귓속말을 듣고 시치미를 뚝 뗐다.

그리고 곁눈질로 슬쩍 앞을 봤더니.

"후후, 재미있겠다. 가슴이 두근거려."

장녀 일리티아가 만족스럽게 손뼉을 치고 있었다.

"이렇게 세 자매가 한 지붕 아래에 모여 합숙하다니. 기쁘구나."

4

대형 목욕탕――.

모락모락 피어나는 하얀 수증기.

열 명 이상이 한꺼번에 들어가서 누워도 될 만큼 커다란 욕조에는 약간 불투명한 목욕물이 가득 채워져 있었다.

수면에 띄워진 알록달록한 꽃과 향초.

전부 다 별장의 정원에서 갓 따온 것이었다. 그 꽃과 입욕제의 향기가 녹아들듯이 잘 어우러져, 그곳에 있는 사람의 마음을 편안하게 만들어줬다.

　……그래야 할 텐데.

　목욕탕 옆에 있는 탈의실에서는.

　"나를 납치할 셈이야?! 이, 이스카 군, 진 군, 살려줘!!"

　"소용없어. 여긴 여탕이다. 남자인 그 녀석들은 절대로 이곳에 오지 못해."

　"그, 그럼, 네네야~!"

　"그 부하는 아까 저녁밥을 너무 많이 먹어서 방에 누워 있어요."

　"네네야아아~~~~!!"

　탈의실로 끌려간 미스미스.

　좌우에서는 시스벨과 린이 그녀를 압박하고 있었다.

　"나한테 무슨 짓을 하려는 거야?!"

　"우선 입 다물어. 조용히 해. 우리의 요구에 응한다면, 너에게 위해를 가할 생각은 없어."

　린이 미스미스의 어깨를 꽉 붙잡은 채 놔주지 않았다.

　"요, 요구라니?"

　"별것 아니야. 너는 앨리스 님의 신분이 왕녀라는 것을 알고 있다. 그것을 부하에게 가르쳐주는 것을 금지한다. 물론 다른 제국군에게도. 알았지?"

　"……진 군과 네네한테 말하지 말라고?"

"그렇다. 앨리스 님의 정체가 제국군에 알려지는 것은 좋지 않아. 당연한 거 아닌가?"

빙화의 마녀는 전장에서는 베일로 얼굴을 가리고 다니는 정체불명의 인물이다.

금발 머리 소녀라는 사실은 제국군에도 알려져 있지만, 그 사람이 현 여왕의 딸이라는 사실과 진짜 맨얼굴은 아직 알려지지 않았다.

"앨리스 님의 정체를 아는 사람은 네놈과 이스카밖에 없다. 더 이상 목격자를 늘릴 수는 없어."

"이, 이스카 군은, 어쩔 건데……?"

"그 검사도 마찬가지야. 일단 네가 말실수를 할 가능성이 가장 높아 보이니까. 먼저 너부터 처리해야겠어. 그래도 되지요? 시스벨 님."

"네. 당신도 이해하죠?"

팔짱을 끼고 그렇게 말하는 시스벨.

"그리고 이미 눈치채셨을 테지만요. 내가 네뷸리스의 왕녀라는 것도 당연히 누설 금지입니다. 당신이 누설하면 나도 금방 알 수 있어요. 내 성령을 속이는 것은 불가능하니까요."

"……뭐라고?!"

"왜 놀라는 겁니까. 내 성령의 능력은 다 알고 있잖아요?"

"그, 그게 아니라!"

린에게 붙잡힌 미스미스가 허둥지둥 부정했다. 그리고 바로 옆

에 서 있는 시스벨을 머리끝에서 발끝까지 관찰하더니.

"저, 저기."

"네?"

"……왕녀라니. 설마, 네뷸리스 황청의 왕녀란 거야?"

"새삼스럽게 무슨 말을 하는 겁니까? 벌써 눈치채지 않았어요?"

시스벨은 불그스름한 금빛 머리카락을 가볍게 뒤로 넘기면서 한숨을 쉬었다.

"앨리스 언니는 네뷸리스 황청의 제2왕녀. 제국군이 빙화의 마녀라고 부르면서 두려워하는 순혈종입니다. 그런 사람을 『언니』라고 부르고 있으니, 제가 여동생인 거잖아요. 제가 황청의 제3왕녀라는 사실은 당연히——."

"세상에, 말도 안 돼!!"

"……당연히 눈치챘다고 생각했는데, 제 착각이었군요."

"그럼 그 일리티아라는 미인이…… 제1왕녀야?!"

"그걸 이제야 알았어요?!"

소리 지르는 시스벨.

그 옆에서 린이 한숨을 푹 내쉬었다. 상상을 초월하는 미스미스의 둔감함 때문에 이쪽도 벌써 독기가 빠져버린 것이었다.

"하, 하여튼, 알았죠?! 저의 신분은 비밀입니다!"

"아, 알았어……!"

김이 모락모락 피어나는 목욕탕에서.

미스미스와 제3왕녀는 여자들끼리 새로운 맹세를 했다.

구름 한 점 없이 새까만 하늘.

속살거리듯이 깜빡깜빡하는 별들이 유독 선명하게 보였다. 이곳이 성령술사의 나라이고, 그 중심부에 가깝기 때문일까?

……제도의 밤하늘은 자주 봤었다.

……독립국가 알사미라의 사막의 밤하늘도 별이 아름답게 빛났었는데.

이 별장 3층에서 보이는 밤하늘은 별이 「가깝게」 느껴졌다. 마치 하늘에서 성령이 빛나는 것 같다는 생각이 들 정도였다.

"응. 나는 괜찮으니까 시스벨을 옆에서 지켜줘. 목욕탕에도 같이 가고. 그 아이의 안전이 가장 중요해."

유리창에 손을 대는 이스카의 등 뒤에서.

이 방의 주인인 제2왕녀가 통신기를 들고 있었다. 한숨을 폭 내쉬더니 소파에 앉았다.

"목욕하는 동안에는 린이 시스벨과 같이 있을 거야."

"……역시 동생이 걱정되나 봐? 이 별장에서 무슨 일이 생길지도 모르고."

"이미 생겼어."

이스카는 유리창을 보고 있었다.

그곳에 비친 앨리스는 소파에 몸을 깊숙이 파묻고 의미심장한 눈빛으로 이쪽을 쳐다보고 있었다.

"우리 별장에 제국군이 네 명이나 들어와 있잖아. 그것도 포로가 아닌 손님으로서. 이것이 대사건이 아니면 뭐겠니?"

"앨리스. 그건 내가 아니라 네 언니에게 따져."

"윽! 그, 그건, 그렇지만! 뭐 어때. 그냥 나랑 상담 좀 해주면 안 돼?"

"……이게 상담하는 거였어?"

그럼 처음부터 솔직히 그렇게 말하면 됐을 텐데.

이스카는 속으로 중얼거리면서 앨리스를 돌아봤다.

단둘이 있다 보니 현실을 잊어버릴 뻔했는데, 지금 이곳은 적국의 한복판이었다. 우리는 고립무원 상태. 무기도 몰수당했다.

"나는 제국 병사잖아. 뭐라고 대답하긴 힘들어."

"그럼 적어도 내 혼잣말이라도 들어줘. ……난 도저히 이해를 못 하겠어. 일리티아 언니는 왜 시스벨을 여기로 데려온 걸까?"

금발 머리 소녀가 고운 속눈썹을 내리깔면서 말했다.

"너무 이상하잖아? 이 별장에서 열흘을 보낸다고? 그래서 뭐가 바뀌는데? 이득을 보는 사람은 아무도 없어. 언니가 의심을 받을 뿐이지. 실제로 여왕님은 언니를 의심하고 계셔. 이건 그저 가족들 사이를 나빠지게 만드는 짓이잖아."

"_____."

"이해가 안 돼. 그러니까 빨리 이 일을 끝내버리고 싶어. 이렇게 애매하고 답답한 상황에서는, 너와의 결투에 제대로 집중할 수도 없고……."

커다란 눈동자가 새초롬하게 이쪽을 향했다.

——전장에서 결판을 내자.

그것은 적으로서의 선전포고일 뿐인데.

그렇게 말하는 두 눈동자는 어째서 이토록 뜨겁고 아름다워 보이는 걸까.

"내일 아침에 언니는 왕궁으로 돌아갈 거야. 하지만 시스벨은 열흘 동안 이곳에 남아 있을 거고. 그렇게 하라고 협박당한 거지?"

"……응."

"나도 별장에 머물 거야. 표면적인 이유는 동생을 지키는 것이지만, 또 다른 이유도 있어. 상대가 너니까 가르쳐줄게."

"제국 부대를 감시하는 거잖아? 나도 알아."

이 별장을 경비하는 성령술사는 없다.

제국 부대가 여기서 날뛸 경우에 대비해, 일종의 억지력으로서 앨리스가 머무는 것이다.

"미리 말해두는데, 우리도 이 적지 한복판에서 소동을 일으킬 마음은 없어."

"그야 당연하지. 네가 이 나라에서 소동을 일으킨다면, 나도 절대 용서하지 않을 거야. 용서할 수 없어. 왕녀로서."

앨리스가 소파에서 일어났다.

창가. 이스카의 바로 옆까지 걸어왔다.

"그러니까 약속해줘. **내 나라**에서 소동을 일으키지 말고, 이 저택에서도 도망치지 말아줘. 난 너와 시시한 싸움 따위는 하고 싶지 않아."

"…………."

"싫어?"

"아니. 그게 아니라."

앨리스, 네가 황청을 「내 나라」라고 표현해서.

신기하게도 그 말투에 마음이 끌렸다. 그렇게 말한 앨리스 본인은 태연해 보이니까, 아마 무의식중에 그런 말을 했을지도 모르지만.

"앨리스, 방금 네가——."

"앨리스 님."

노크 소리가 들렸다.

고용인의 목소리인가? 그 소리를 듣자마자 앨리스는 이스카와 멀리 떨어지려고 후다닥 뒷걸음질 쳤다.

"무, 무슨 일이지?"

"손님이신 이스카 님께서 여기 계신가요? 일리티아 님께서 그분을 모셔오라고 하셨습니다."

"……언니가?"

앨리스의 중얼거림은 문밖까지는 들리지 않았을 것이다.

"……어떻게 이스카가 있는 곳을 정확히 알아냈을까?"

"앨리스 님."

"알았어. 지금 보낼게."

앨리스가 곁눈질로 이쪽을 봤다. 그리고 조용히 문을 가리켰다.

"이스카."

"응?"

"언니를 믿지 마. 너는…… 나만의 라이벌이야."

그 말에 등 떠밀리듯이 방 밖으로 나왔다.

가정부 앞치마를 두른 소녀가 가볍게 인사를 했다.

"자, 이쪽으로."

장녀 일리티아의 방은 복도 맨 앞쪽에 있었다.

에메랄드빛 머리카락이 인상적인 미소녀. 그 초상화가 걸린 방의 문이 열렸다.

"들어가십시오."

고용인은 그 말만 남기고 떠나갔다.

……데려오라는 명령을 받았으니까 데려왔다.

……더 이상은 꼴도 보기 싫다. 그런 뜻인가? 알기 쉽네.

당연한 태도였다.

특별한 인연이 있는 앨리스와 시스벨이 예외적인 거지, 제국군 병사에 대한 대응은 이 정도면 최상급이라고 할 만했다. 이스카가 보기에도.

"……이스카입니다. 부르셨다고요. 안으로 들어가겠습니다."

"네, 들어오세요."

밝은 거실에서 아름다운 목소리가 들려왔다.

샹들리에가 환하게 빛나는 방 안으로 들어갔다. 그곳은 푸르른

141

초원을 연상시키는 융단이 깔린 거실이었다.

"잘 오셨어요."

거실 한가운데에는 소파 두 개가 서로 마주 보게 놓여 있었고.

그 옆에서 네뷸리스 황청의 제1왕녀가 차분한 미소를 짓고 있었다.

——목욕 가운 차림으로.

깊게 파인 옷깃 사이로 앨리스보다도 더 풍만한 가슴이 엿보였다. 고간만 겨우 가리는 옷자락 밑으로는 투명하리만치 새하얀 허벅지가 드러나 있었다.

"아, 미안해요. 방금 목욕을 마쳤거든요."

이스카가 반사적으로 눈을 돌리자, 미의 화신 같은 마녀는 오히려 즐거워하면서 미소를 지었다.

"어머, 기쁘네요. 나 같은 마녀의 맨살에도 인간적으로 반응해주시다니. 그렇게 얼굴을 붉혀주시는 것이 오히려 기분 좋아요."

"……저를 시험하려고 일부러 그런 옷을 입은 겁니까?"

"음~ 글쎄요? 늘어지게 목욕을 한 것도 사실이고. 그다지 깊은 의미는 없는 행동이었어요. 그냥 내가 이 목욕 가운을 좋아하거든요."

자, 앉으세요——.

상대가 눈짓으로 권하자, 이스카는 소파에 앉았다. 맞은편에 앉는 일리티아의 가슴팍과 아슬아슬한 허벅지를 똑바로 보지 않으려고 애써 눈을 돌리면서.

"후후, 정말 귀여운 반응이네요."

세 자매 중 첫째는 그런 이스카를 보고 한층 더 즐거워했다.

"내가 제도를 방문했을 때 맞이해준 사람들의 눈빛과는 전혀 다르군요."

"제도를 방문했다고요?"

"네. 말했잖아요. 나는 이중 스파이로서 제국 사령부와 관계를 맺었던 시기가 있었습니다. 그때 방문했지요."

"……그러고도 용케 제국군에게 붙잡히지 않았군요."

"신분을 숨겼으니까요. 시조님의 피를 이어받은 마녀라는 사실을 들켰으면 이 나라로 돌아오지 못했을 테지요. 지금 돌이켜보면 그리운 추억이네요."

다리를 꼬더니 그 무릎에 손을 얹고 깍지를 끼는 일리티아.

이스카가 앉아 있는 소파와의 거리는 1m도 안 되었다. 손만 뻗으면 닿을 만한 곳에 마녀가 있었다.

"내가 혼자 있어서 신경 쓰이나요? 호위병도 시종도 없이."

상대가 똑바로 눈을 응시했다.

"그렇게 나를 가만히 쳐다본 다음에 주위를 두리번거리면, 무엇을 찾고 있는지 스스로 말해주는 거나 마찬가지잖아요?"

"……솔직히 말하자면, 그렇습니다."

"솔직함은 미덕이죠. 그 마음가짐을 봐서 저도 솔직하게 대답해드리자면, 정답은 『없다』입니다. 나에게 호위병은 없습니다. 린이나 슈바르츠 같은 시종도 없어요."

왕족인데도?

뭐든지 스스로 해낼 수 있다면 시종이 없는 것도 이해가 가지만, 호위병이 없는 것은 이상했다. 신분이 왕녀인데?

⋯⋯내가 제국 사람이기 때문에 속임수를 쓰는 건가?

⋯⋯**그 대단한** 앨리스조차도 린이라는 호위병을 데리고 다니는데.

제국군 기지를 단독으로 공략하는 그 빙화의 마녀조차도.

일리티아의 성령을 생각해보면 더더욱 호위병이 필요할 것 같았다. 전투 경험이 없는 마녀. 이스카의 실력이라면, 지금 여기서 맨손으로도 제압할 수 있을 것이다.

그런데 이 여유로운 태도는 뭘까.

"시스벨과 비슷한 심경이라고 하면 이해하실 수 있을까요?"

"⋯⋯무슨 뜻입니까."

"나는 동지를 찾고 있습니다. 나와 같은 목적을 가지고 싸워줄 부하가 황청에는 없습니다. 그래서 당신을 초대한 겁니다. 전직 사도성 이스카."

"저를 초대했다고요?"

시스벨의 호위병인 제국 부대가 아니라, 나를?

"본론을 말씀드리죠. 내 부하가 되어주시지 않겠어요?"

일리티아가 숨을 내쉬더니 허리를 꼿꼿이 세웠다.

목욕 가운 너머로 봉긋한 가슴의 윤곽이 선명하게 드러났다. 이것조차도 이 미모의 마녀가 의도한 것이리라. 허리를 세울 때

"……으응" 하고 가늘게 한숨을 쉰 것도 그랬다. 넋이 나갈 정도로 섹시한 음성이었다.

"어떠세요?"

"……무슨 말인지 모르겠군요. 황청에 부하가 없다니, 무슨 뜻입니까?"

시스벨의 사정은 그래도 이해가 갔다.

시스벨은 현 정권을 무너뜨리려는 배신자를 찾고 있었다. 누가 배신자인지 정확히 알 수 없으므로, 섣불리 누군가를 부하로 삼지도 못했다. 그건 충분히 납득이 갔다.

"황청에는 강력한 성령술사가 잔뜩 있잖습니까? 제국 사람인 저조차 잘 알고 있는데. 부하로 삼을 만한 인재는 얼마든지……."

"그 황청을 부숴버리고 싶거든요."

"…………네?"

"나는 현재의 황청을 박살내고 싶어요. 근본적으로 뒤엎는 것이 목표입니다."

마녀의 뺨은 발갛게 달아올라 있었다.

흥분해서.

그 미래를 떠올리기만 해도 행복해서——황홀함에 젖은 눈동자로.

"제국 사람인 당신이 바라 마지않는 일이 아닌가요? 우리 함께 황청을 부숴버립시다. 어때요? 우리는 서로 협력할 수 있어요."

"———."

말문이 콱 막혔다. 이 왕녀가 무슨 말을 하는 거야.

이스카의 뺨을 타고 흐르는 땀. 동요하거나 당황해서 그런 것이 아니었다. 순수한 오한을 느꼈기 때문이다.

……앨리스도, 시스벨도 서로 생각은 다를지언정 이 나라의 여왕이 되려 하고 있는데.

……이 나라를 사랑하고 지키기 위해 노력하고 있는데.

이 일리티아란 여자는 정반대다.

여왕이 되고 싶어 하기는커녕, 나라 하나를 무너뜨리려고 하는 이단의 「마녀」였다.

"도대체, 왜……."

"내 부하가 되면 가르쳐줄게요. ……아아, 상상만 해도 황홀해서 녹아내릴 것 같아요. 빨리, 빨리, 단 하루라도 더 빨리, **이 시시한** 체제에 사로잡힌 나라를 부숴버리고 싶어요."

"……이곳에는 시스벨이 있습니다."

이스카는 메마른 입술을 움직여 가까스로 그런 말을 토해냈다.

"지금 이 대화도 재생할 수 있을 테죠. 만약 이 대화가 여왕의 귀에 들어가면……."

"————물론 농담이죠."

"네?"

"농담이라니까요. 제1왕녀인 내가 그런 당치않은 생각을 할 리가 없잖아요? 시스벨이 이 이야기를 듣더라도 아무 문제 없습니다."

일리티아의 말투가 순식간에 싹 바뀌었다.

방금 전까지 가시 돋친 장미 같았던 그 목소리가 이제는 카네이션 같았다. 어떤 각도에서 봐도 그저 아름답고 사랑스럽기만 했다.

의심할 여지가 없다. 그런 말투였다.

"내가 당신을 부른 이유는 호기심 때문이에요. 1년 전 사도성이 마녀를 탈옥시킨 놀라운 사건. 그 주인공인 당신과 단둘이 대화를 나눠보고 싶었어요."

"……이미 거기까지 조사를……."

"제국군에 별종이 있다는 이야기를 들었습니다.『전투를 싫어하는 전투광(戰鬪狂)』. 황청의 순혈종을 붙잡아서 억지로 평화 협상 자리를 마련하려고 하는 사도성 말석."

"?! 어, 어디서 그걸?!"

벼락 맞은 듯한 충격이 이스카를 덮쳤다. 그는 벌떡 일어났다.

……내가 그 목적을 가르쳐준 사람은 극소수였다.

……제907부대 동료들. 그리고 사도성으로 승급할 때 잠깐 언급한 것이 전부였다.

제국 사령부에서도 이스카의 속마음을 아는 사람은 매우 적었다.

사도성? 팔대사도?

누가 정보를 흘린 거지? 이 왕녀는 도대체 누구와 손잡았던 거야?

그런데 그때.

디리리링딩딩…….

어딘가에서 핸드벨 연주 소리가 들려왔다. 복도에서 방으로, 구석구석까지 스며들듯이 퍼져 나갔다.

"밤 11시. 종업입니다. 저택 고용인들의 하루 업무가 끝났습니다. 이제는 다들 저마다 자유롭게 지내다가 취침할 거예요."

"……."

"이해하셨나요?"

"……우리의 이야기도 여기서 끝내야 한다는 뜻인가."

힐문하듯이 몸을 앞으로 쑥 내밀었던 이스카의 기세도 완전히 꺾여버렸다.

절묘한 타이밍이었다.

……내가 물어보고 싶은 것만 일방적으로 「시간제한」에 걸려 묵살되었다.

……이것도 전부 계산한 거라면, 이 얼마나 뛰어난 책략가인가.

내가 졌다.

이스카는 한숨을 내쉼으로써 그런 의사를 표시했다.

"이해력이 좋으셔서 다행이에요. 아, 하지만. 오늘 밤 이야기는 여기서 끝나도, 나중에 기회가 있으면 다시 이야기하죠. 다음에는…… 그래요, 당신이 맡았던 사도성 일에 관해서."

"……제국 사람인 내가 제국군의 최고기밀을 누설할 것 같습니까?"

"사도성 열한 명 중에서 검을 사용하는 사람은 두 명이죠. 제11위인 이스카와 제1위인 요하임. 그 정도는 저도 알고 있습니다."

애교 있는 말투.

달아오른 피부와 촉촉하게 젖은 자기 가슴팍을 손가락으로 어루만지는 요염한 몸짓.

"당신과 제1위 중 누가 더 강할까요?"

"…………."

"난 그게 궁금해요. 제국에서도 아주 먼 옛날에는 귀족들이 자기 부하인 검사들을 서로 싸우게 하는 투기장이 있었다고 하던데요."

"난 관심 없습니다."

"어머나. 왜요?"

"저는 성령술사와 싸우는 데 특화된 인간이니까요. 인간과 싸우는 훈련은 받지 않았습니다. 기껏해야 1합을 버티고, 2합에서 밀려, 3합에는 패배할 테지요."

일리티아는 침묵했다.

매도하지도 않고, 냉소하지도 않았다. 그저 희미한 미소만 짓고 있었다. 그런 상대 앞에서 이스카는 조용히 몸을 돌렸다.

"난 이만 가보겠습니다."

"어머, 잠깐만요. 어디 가시는 건가요?"

"네?"

"내가 분명히 말씀드렸잖아요. 취침 시간이라고. 자, 이리 오세요."

몸을 일으킨 제1왕녀가 거실 안쪽에 있는 문을 열었다.

──침실.

그곳에는 여러 명이 한꺼번에 누울 수 있을 만큼 커다란 침대가 있었다. 햇볕에 잘 말린 시트는 청결하고 주름 하나 없었다.

"내 침대는 굉장히 넓답니다. 둘이서 자도 공간이 남을 정도예요."

"……저기요. 그게 무슨 뜻인가요?"

"현재 당신은 시스벨의 호위병이 아니라 내 손님입니다. 그리고 아까도 말했다시피 나에게는 호위병이 없습니다. 그러니 밤에 불안하지 않겠어요?"

"……어……."

상대가 야릇하게 추파를 던졌다. 이스카는 뒷걸음질 쳤다.

무척 아름다운 눈빛이었다. 그러나 신기하게도 이스카의 뇌리에 떠오른 것은 먹잇감을 노리는 육식동물의 안광이었다.

"그래서 당신이 나와 동침해줬으면 좋겠어요."

"동침?!"

무심코 복창해버렸다.

그것이 어떤 취침 방식인지 이스카도 정확히는 몰랐지만, 막연하게나마 결코 허용될 수 없는 것이다! 하고 머릿속에서 경종이 울렸다.

"안 됩니다! 아니, 애초에 나는 제국 군인이라고요!"

"후후. 놀라는 모습도 귀엽네요. 사도성이 될 정도로 강한 남자가 이렇게 흐트러진 모습을 보이다니. 왠지 기분이 좋아지는데요?"

방구석에 착 달라붙은 이스카. 그쪽으로 한 발, 한 발 걸어가는 일리티아.

그 가느다란 손가락이 이스카의 뺨으로 다가왔다.

"이스카——."

"언니, 뭐 하시는 거예요오오오오오옷?!"

"어머나, 시스벨?"

"헉, 헉…… 위기일발이었네요. 이스카가 안 보여서 어디 갔나 하고 저의 성령으로 추적해봤더니…… 휴. 이스카, 이제 걱정 마세요."

첫째의 방문을 뻥 차서 열고 들어온 사람은 셋째 시스벨이었다.

손에는 마스터키로 추정되는 열쇠가 있었다. 그리고 취침 직전이라 그런지, 귀여운 연분홍색 잠옷을 입고 있었다.

"……일리티아 언니. 기어코 한 건 하셨군요."

"응~? 그게 무슨 말이니?"

"반쯤 벌거벗은 그 차림새부터 어떻게 좀 수습해보시죠? 보세요, 이 옷장에 언니 옷이 들어 있잖아요!"

"어~ 하지만 오늘은 덥잖아. 어쩐지 몸이 달아올라서."

"빨리! 빨리 입으세요!"

"……알았어. 그렇게 무서운 얼굴로 노려보지 마."

동생의 험악한 표정에 굴복한 일리티아가 어쩔 수 없이 옆방에

가서 옷을 갈아입기 시작했다. 그러나 시스벨은 여전히 추궁을 멈추지 않았다.

"언니의 속셈이 뭔지는 알아요. **제 이스카**에게 손을 대서, 저를 동요하게 만들려는 거잖아요?"

"어머. 그 발언에는 오류가 두 개나 있는데?"

잠옷을 입은 일리티아.

낙낙한 시스벨의 옷과는 달리, 일리티아의 옷은 여자다운 굴곡을 잘 보여주는 섹시한 디자인의 고급품이었다.

"나는 귀여운 동생을 괴롭힐 마음은 없어."

"……또 하나는 뭐죠?"

"시스벨. 잘 들어. 현재 이 사람은 내가 초대한 손님이야. 즉, 이스카는 내 거나 마찬가지야."

"참고 들어줄 수가 없네요! 이스카는 제가 고용한 호위병입니다. 다시 말해——."

시스벨이 또다시 소리를 버럭 질렀다.

언니한테서 눈을 떼지 않고, 뒤에 서 있는 이스카를 손가락으로 가리켰다.

"이스카와 동침할 권리는 저에게 있어요!"

"그럴 리가 없잖아?!"

"언니. 이해하셨죠? 그럼 이제 이스카는 제 방으로 데려가겠습니다."

"재미있는 말을 하네? 시스벨. 동침은 내 거야."

"아니, 내 입장은요?! 여보세요 두 분, 우선 내 의견부터 물어
봐야 하지 않나요?!"

듣지도 않았다.

아니, 들리지도 않았다.

마녀의 낙원의 공주님들은 이미 이스카를 내버려두고 자기들
끼리 불꽃 튀는 눈싸움을 하고 있었다.

귀여운 송곳니를 드러낸 셋째 시스벨.

도발적인 미소를 지으며 그런 동생을 내려다보는 첫째 일리
티아.

"홋…… 시스벨. 내 앞에서 당당하게 의견을 내놓다니. 많이 컸
다고 칭찬부터 해주는 것이 언니로서의 역할이려나?"

"……네?"

"하지만 시스벨. 너에게는 아직 부족한 것이 있어."

일리티아가 움직였다.

동생 옆을 가볍게 지나쳐 이스카 앞으로 다가갔다.

"이스카."

물기 어린 눈으로 바라보면서 두 손으로 이스카의 손을 감싸 쥐
었다.

"내 말 들어보세요. 나는……."

"아, 아직도 할 말이 있어요……?"

"이 저택에서 호위병 한 명도 없이 불안한 밤을 맞이해야 해요.
그래서 난 정말 너무너무 불안해요……. 자, 들어보세요. 내 가슴

이 이렇게 두근거리고 있어요."

상대가 손을 잡아당겼다.

무슨 짓을 당하는지 이해하기도 전에 이스카는 일리티아의 가슴에 안겼다.

"이 가슴의 고동을 느껴보세요. 얼마나 불안한지 아시겠죠?"

"헉?!"

고급 옷감처럼 부드러운 감촉.

그와 동시에 묵직한 질량이 느껴지는 둥그런 언덕. 은은하게 전해지는 체온. 이스카는 할 말을 잃었다.

너무 황당한 일이라 제대로 이해할 수 없었다. 머릿속이 텅 비어버렸다.

"아…… 어, 저기……."

"어때요? 내 가슴의 고동. 느끼셨어요?"

"느끼긴 뭘 느껴요—————?!"

시스벨이 몸통 박치기를 했다.

이스카의 손을 꽉 붙잡고 있는 언니의 한쪽 손을 억지로 뜯어냈다.

"네, 뭐라고요? 나한테 『부족한 것이 있다』고요?! 흥, 난 아직 성장기 청소년이라고요. 언니가 지나치게 발달한 것뿐이죠!"

"시스벨. 이거 보렴. 이게 바로 왕녀의 포용력이라는 거야."

"포, 포용력이요?!"

"게다가 이건 내 몸을 당신에게 맡기겠다는 신뢰의 증거이기도 해."

"……윽. 하, 하지만, 그래도 안 돼요! 이스카를 넘겨줄 수는 없어요!"

시스벨이 나머지 한 손을 잡아당겼다.

좌우에서 마녀 자매가 이스카를 압박했고.

"동작 그마아안———!"

세 자매 중 마지막 한 사람.

둘째 앨리스리제의 외침 소리가 한밤의 거실에 울려 퍼졌다.

"시끄러운 소리가 나서 와봤더니…… 도, 도도, 도대체 무슨…… 이스카를 붙잡아놓고 무슨 짓을 하는 거예요?! 언니! 시스벨!"

"앗, 앨리스 언니?!"

"아이참, 어쩌지? 시스벨. 왜 방문을 그냥 열어놓고 왔니? 소리가 복도까지 다 들렸겠네."

흠칫! 하고 몸을 움츠리는 셋째와, 태연하다 못해 이 상황을 즐기는 것처럼 보이는 첫째.

앨리스는 그런 언니와 동생을 쏘아보면서 성큼성큼 걸어왔다. 역시나 취침 전이라 잠옷 위에 가운만 걸치고 있었다.

"시스벨. 이게 무슨 일이니?"

"윽…… 들켰군요. 아니, 하지만 앨리스 언니. 언니가 끼어들어도 소용없어요!"

막내 마녀는 이스카의 손을 놓지 않았다.

"이 제국 병사와 언니는 무관계하다고 들었습니다. 그렇다면 제가 무슨 짓을 해도 언니는 참견할 권리가 없어요."

"……윽?!"

약점을 공격당한 앨리스. 그러나 동요를 애써 가라앉히고 심호흡했다.

"직접적으로는 무관해도 그는 제국 병사야. 황청의 적이니까, 네가 하려는 행위가 무엇인지 물어볼 권리 정도는 있잖아. 그러니 대답해줘. 시스벨. 일리티아 언니."

"동침하려는 거예요."

"동침할 거야."

"……………………동침?"

앨리스는 얼빠진 얼굴로 눈을 깜빡거렸다.

자매가 동시에 입에 올린 단어가 너무 충격적이어서, 이 둘째는 한순간 정상적인 이성을 잃어버린 것 같았다.

"―――도, 동침이라고요?! 지, 지지지지금, 둘 다, 무슨 말을 하는 거예요?!"

"저는 진지해요."

시스벨은 이스카의 손을 놔주지 않았다.

"시종과 헤어져서 불안한 밤을 보내야 하는 저를 위해, 이스카는 기꺼이 동침하겠다고 약속해줬어요. 역시 저의 부하는 훌륭해요. 그렇죠?!"

"부하 아니라니까?!"

"후후, 시스벨. 그건 엄청난 착각이야."

한편 반대쪽에서는 첫째 일리티아가 그의 손을 잡고 있었다.

이스카는 손을 뿌리치고 싶었지만, 손에 힘을 줘서 저항하면 또다시 일리티아의 가슴에 닿을 것 같아서 섣불리 움직이지도 못했다.

"이스카를 이 저택에 초대한 사람은 나야. 그렇다면 이 바캉스 기간에는 이스카가 내 것이 되었다고 봐야 하지 않을까?"

"아뇨! 이스카는 제 부하입니다!"

"어휴, 다들 그만하라니까——!"

첫째와 셋째의 싸움에 끼어드는 앨리스.

"둘 다 적당히 해. 이스카는 넘겨줄 수 없어!"

"어머나? 앨리스. 너와 이 사람은 오늘 처음 만난 게 아니었니? 게다가 제국 병사인데. 네가 전장에서 증오의 마음으로 상대하는 적이잖아."

"으…… 윽…… 으윽?!"

앨리스는 이를 악물었다.

자꾸 천장을 쳐다봤다. 필사적으로 타개책을 생각해내려고 머리를 굴리는 중인가 보다.

"아, 그래!"

표정이 확 밝아졌다.

"제국 병사니까 더더욱 그런 거죠! 소중한 언니와 동생을 이런 위험한 녀석과 같이 있게 놔둘 수는 없어요. 소문에 의하면 제국 병사는 밤에는 늑대로 변신한대요!"

"그건 너무 지독한 루머다!!"

"넌 조용히 해! ……그, 그래서, 내가 여기 온 거예요. 이 야만적인 늑대를 상대로 사랑하는 언니와 동생을 지켜내기 위해서!"

"늑대라고? 흠. 그렇게 보이진 않는데."

일리티아가 이스카와 앨리스를 번갈아 쳐다보면서 고개를 갸웃거렸다.

"그럼 앨리스. 뭐 좋은 아이디어라도 있어?"

"내, 내가 여기서 자면 되죠!"

앨리스가 가슴에 손을 얹고 선언했다.

"나도 동침……이 아니라. 언니와 시스벨이 이 제국 병사와 같이 잔다면, 나도 그를 감시하기 위해 같이 자면 되는 거잖아요?!"

"……아니, 저기요? 나는 내 방에서 혼자 자고 싶은데."

"넷이서 같이 자자고? 음…… 내 침대는 넓으니까 그래도 되는데. 시스벨, 넌 어떠니?"

"전 괜찮아요."

"내 의견은 계속 무시하는 거야?! 여보세요, 세 자매님?!"

이스카의 비명은 닿지 않았다.

이 마녀 세 자매는 이미 이스카로선 이해할 수 없는 고차원의 싸움을 물밑에서 치열하게 벌이고 있는 듯했다.

"문제는 침대에 눕는 위치인데요."

시스벨이 몹시 진지한 표정으로 팔짱을 끼고 중얼거렸다.

"일단. 오른쪽부터 나이순으로 일리티아 언니, 앨리스 언니, 나. 그리고 이스카는 왼쪽 끝에 눕는 게 어떨까요?"

"어머나, 시스벨? 다시 말해 이스카 옆자리를 너 혼자 독차지하겠다는 뜻이니? 그건 공평하지 않구나. 그렇지? 앨리스."

"나, 나는 굳이…… 이스카 옆자리를…… 으, 으음, 알았어요. 그걸로 싸우느니 차라리 제비뽑기를 하죠."

앨리스는 테이블 위에 있는 메모지를 집어 들었다.

거기다 각각「왼쪽」「가운데」「오른쪽」이라고 적어서 제비 세 개를 만들었다.

"이스카의 위치는 침대 왼쪽 끝자리 고정. 이제 우리 세 자매의 위치만 남았어요. 『왼쪽』이 이스카 옆이고, 거기서부터 『가운데』 『오른쪽』 순으로 점점 멀어집니다. 됐나요?"

"저, 저부터 뽑을게요!"

시스벨이 제일 먼저 제비를 뽑았다.

"가, 가운데…… 그럼 이스카 옆이 아니라, 언니들 사이에서 자는 거네요……."

"아이참. 나는 오른쪽이니까 침대 가장자리야. 그렇다면……."

"우, 우와! 내가 이스카 옆이야!"

앨리스가 마지막 제비를 꽉 붙잡고 펄쩍 뛰었다.

"역시 마지막에 남는 제비가 최고라니까. 내가 동침――."

"저기요, 앨리스 언니?"

"헉?!"

둘째가 정신을 차렸다.

"너무 좋아하시네요. 수상한데요……."

"쿠, 쿨럭. 시스벨. 그게 무슨 소리야? 내가 제국 병사 옆에서 자면 너와 언니를 지킬 수 있잖아. 이상적인 배치라고 생각하는데?"

"그 들뜬 목소리는 뭔데요?"

"아냐, 들뜨지 않았어! 제국 병사 옆에서 자다니, 그런 거 당연히 싫거든?!"

앨리스는 숨을 한 번 내쉬었다.

"이봐, 제국 병사! 오, 오늘 밤만 특례인 거야. 나와 동침하는 것……이 아니라, 내 옆에서 자는 것을 특별히 허가해줄게!"

"아니, 그러니까 나는 내 방에서…….."

"알 · 았 · 지?"

"…………네."

침실까지 안내를 빙자한 연행을 당했다.

그 순간 이스카는 달콤한 향기에 감싸였다. 방구석에 놓인 반투명한 그릇에서 하얀 연기가 피어나고 있었다.

식물에서 추출한 에센셜 오일 냄새일 것이다.

……여자 침실에 들어가다니.

……아까 앨리스의 방에 이어서 이번이 내 인생에서 두 번째 아닐까?

여자 기숙사에 있는 미스미스 대장과 네네의 방을 슬쩍 본 적은 있지만, 그 두 사람의 방에서도 침실만은 이스카도 들어간 적이 없었다.

그런데 설마 이런 시련이 자신을 기다리고 있을 줄이야.

"후후, 세 자매가 이렇게 사이좋게 같이 자는 게 몇 년 만이지? 재미있겠다."

"……하는 수 없죠. 동침은 포기할게요. 그래도 이스카가 같은 방에 있으면 저도 안심할 수 있어요."

침대 오른쪽 끝에 눕는 첫째 일리티아.

오른쪽에서 두 번째 자리에는 셋째 시스벨이 조심스럽게 엎드려 누웠다.

그리고.

"앨리스. 너도 침대로 올라와. 우두커니 서 있지 말고. 왜 그러니? 얼굴이 새빨개졌네?"

"이스카. 무슨 일 있어요? 당신도 얼굴이 새빨개졌네요."

"…………."

이스카와 앨리스는 서로 마주 본 채 침대 한구석에서 딱딱하게 굳어 있었다.

"앨리스. 먼저 누워."

"아, 아니, 너 먼저 누워. 나는 마지막에 누워도 돼……!"

"하지만 내 자리가 침대 가장자리잖아."

"아냐, 너는 손님이잖아! 먼저 누워야지! ……좋아, 그럼 타협

해서 둘이 동시에 눕자."

침대 오른쪽에서부터 순서대로 일리티아, 시스벨, 앨리스, 이스카.

네 사람이 나란히 눕고, 다 같이 이불 하나를 덮었다. 그런데 네 사람의 거리가 너무 가까웠다.

불을 끄자 세 자매의 숨소리가 이스카의 귀에 들릴 정도였다.

……이 상태로 어떻게 자라고?!

……하는 수 없지. 원래 오늘 밤에는 안 자고 불침번을 서려고 했으니까.

시스벨의 호위병으로서 해야 할 일이 있었다.

실은 시스벨의 통신기를 빌려 방으로 돌아가, 구조 요청이 들어오면 즉시 그쪽으로 달려가기 위해 대기할 예정이었다.

이렇게 한방에서 밤을 보낸다면, 그보다 더 안전——.

할 거라고 생각하면서 눈을 떴다. 그런데 이스카의 코앞에서.

"앨리스?!"

"……쉬. 조용히 해. 저 두 사람한테 들리잖아."

옆으로 누운 앨리스가 눈을 뜨고 이쪽을 뚫어져라 쳐다보고 있었다.

서로의 얼굴이 20cm 정도밖에 안 떨어져 있었다. 불을 껐어도, 이렇게 가까이 있으니 앨리스의 얼굴이 잘 보였다.

"저, 저 둘은 이미 잠들었으니까…… 조용히 해. 안 그러면 깰 거야……."

속삭이는 듯한 앨리스의 낮은 목소리.

그 뒤에서 들려오는 희미한 숨소리는 잠자는 일리티아와 시스벨의 숨소리일 것이다. 지금은 이스카와 앨리스 두 사람만 깨어 있었다.

"이스카. 저기…… 너도 알 테지만. 나는 왕녀야. 맨살이 직접 닿는 것은 금물이야. 조심해. 알았지?"

"알아. 나도 그런 이상한 짓을 할 마음은 없어."

"하지만 네가——."

근거리에서 눈빛이 교차했다.

앨리스의 뺨은 발그레하게 물들어 있었다. 분명히 긴장해서 그런 거다. 다른 이유는 있을 리 없었다.

"네가 자다가 실수로 나를 끌어안는다면, 그건 어쩔 수 없지. 무의식적인 행위니까 너그럽게 용서해줄 수도 있어……."

"규칙의 허용범위가 너무 넓지 않아?!"

"마, 만약의 경우를 대비해서 하는 말이야! 내가 그걸 원하는 게 아니라, 그냥 그럴 수도 있다고 말해본 거야. 괜히 착각하지 마!"

"어머나, 이스카."

흠칫! 앨리스가 몸을 움츠렸다.

숙면하는 줄 알았던 일리티아가 돌연 소리를 냈기 때문이다.

"어, 언니, 일어났어?"

"…………."

"……언니?"

대답이 없었다.

앨리스가 상황을 확인하려고 몸을 돌리려는 순간.

"아이참. 이스카. 안 돼요. 남들이 다 보는데, 이렇게 대담한 짓을……."

첫째의 잠꼬대였나 보다.

이스카와 앨리스는 이어지는 이야기를 듣고 눈치챘다.

"후후, 좋아요. 그럼 나도 생각이 있어요."

"……흐앗? 이, 이스카, 뭐 하는 거예요? 갑자기 나를 껴안다니. 저, 저기, 이건 너무 진도가 빠르잖아요."

몽롱한 시스벨의 목소리.

이것도 잠꼬대처럼 들렸다.

"옳~지, 잡았다. 어머? 의외네요. 이스카. 생각보다 말랑말랑해요."

"이, 이스카…… 으응…… 안 돼요. 어디를 만지는 거예요? 아, 아앗, 간지러워요. 아아…… 이렇게 대담한 사람인 줄 몰랐는데."

"후후, 목소리가 귀엽네요."

저게 무슨 이야기일까.

도대체 뭔 꿈을 꾸는 거야? 앨리스 뒤에서 언니 동생이 둘 다 참으로 즐겁게 잠꼬대를 늘어놓고 있었다.

"꺅?!"

"!"

눈앞에 있는 앨리스가 이스카에게 달라붙었다.

뒤에 있는 시스벨이 잠결에 뒤척거리다가 앨리스의 등을 밀어버리는 바람에, 등 떠밀린 앨리스가 이스카에게 달라붙은 것이다.

"앗, 저, 미안해……."

"난 괜찮아. 하지만 앨리스…… 좀, 뒤로 가주면……."

"갈 수가 없어. 지금 시스벨이 뒤에서 발로 밀고 있는걸."

"잠버릇이 왜 그렇게 고약해?!"

더 이상 뒤로 가면 침대에서 떨어질 것이다. 앨리스가 찰싹 달라붙어도 이스카는 가만히 참고 있을 수밖에 없었다.

……어둡고 가깝고. 앨리스의 숨소리가 무척 또렷하게 들렸다.

……잠깐만. 내 숨소리도 들리는 건가?

둘 다 옆으로 누워서 마주 봤다.

평소에 서 있을 때는 이스카의 키가 좀 더 큰데, 지금은 베개 위치가 같다 보니 그들의 눈높이도 같았다.

그런데 그때——.

이스카의 가슴에 앨리스의 손이 닿았다. 손가락이 살짝 닿는 정도가 아니라 손바닥 전체가 그의 가슴을 꼭 눌렀다.

"……와. 굉장하네. 넌 마른 것처럼 보여도 몸이 탄탄하구나."

"어딜 만지는 거야?!"

"이, 일부러 그런 게 아니야. 동생이 뒤에서 자꾸 발로 차니까. 나도 저절로 몸이 앞으로 쏠리는 거야!"

앨리스는 그렇게 말하면서도 손을 떼려고 하지 않았다.

"남자 체온은 무척 높구나. 델 것 같아……."

"아까 맨살이 닿으면 안 된다고 해놓고선……."

"이, 이건, 불가항력이야! 게다가 너도 옷 입고 있으니까 괜찮아."

"정말 그걸로 괜찮은 거야?"

"……아, 알았어. 그, 그럼……."

어둠 속에서——.

앨리스가 고개를 끄덕이는 것이 보였다. 마녀 공주는 작지만 예쁜 입술을 오물거리면서 소곤소곤 속삭였다.

"내, 내 몸도…… 만질래……?"

"……뭐라고?"

"라이벌로서 그러자는 거야. 내가 본의 아니게 너를 만졌으니까. 너도 나와 같은 곳을 만져야지. 그래야 공평한 거 아냐?"

앨리스가 만지고 있는 곳은 내 가슴이었다.

그것과 같은 곳이라면, 다시 말해.

"————."

이스카는 반쯤 무의식적으로 「그 부위」를 내려다봤다.

잠옷 옷깃 사이로 살짝 드러난 가느다란 쇄골.

그 밑에서 볼록한 가슴이 앨리스의 호흡에 맞춰 오르락내리락하고 있었다. 일리티아가 「왕녀의 포용력」이라고 표현한 것이 앨리스에게는 충분하고도 넘칠 만큼 갖춰져 있었다.

"아, 안 돼…… 너무 가까이에서 보지 마…… 그렇게 보니까, 더 부끄럽잖아……."

앨리스의 얼굴이 점점 붉어졌다.

숨소리가 거칠어진 것도 결코 기분 탓이 아닐 것이다.

"빠, 빨리…… 네가 만지고 싶다면…… 나도, 참을 테니까……."

"이러면 내가 변태 같잖아?!"

"하, 하지만, 그게 우리의 규칙이잖아. 난 너와 공평한 싸움을 하고 싶어. 언제 어디서나. ————앗, 잠깐만. 그러고 보니."

"그러고 보니?"

"…………."

앨리스가 가만히 이쪽을 응시했다.

좀 전까지는 수줍은 소녀의 표정을 짓고 있었는데. 갑자기 항의하는 듯한 눈빛으로 쳐다봤다.

"왜, 왜 그래?"

"……봤잖아?"

"뭘?"

"……내 속옷. 내 방에서 시스벨과 함께. 꼭 쥐고 있었잖아……."

"아, 아니야!! 그건 오해야!"

"우리는 대등해야 해. 라이벌로서."

앨리스의 그 한마디에.

이스카의 등골이 서늘해졌다.

"그래. 생각났어. 넌 내 속옷을 자세히 관찰했어. 그러니까 나도 네 속옷을 볼 권리가 있다고 생각해."

"아니, 그건 이상하잖아?!"

"대등한 조건을 원하는 게 뭐가 이상해? 나는 너의 라이벌로서, 너의 모든 것을 알 권리가 있다고 생각해!"

앨리스의 손이 이스카의 옷 가장자리를 붙잡았다.

잡아당기려고 손에 힘을 줬다.

"자, 어서 네 속옷을 보여줘! 그럼 무승부가 되는 거야!"

"뭔 승부인데?! 앨리스, 잠깐만! 아악, 린, 린! 어디 있어?! 네 주인이 이성을 잃었으니까 당장 말려줘!"

이 자리에 없는 앨리스의 시종의 이름을 부르면서. 이스카는 하룻밤 내내 앨리스를 저지하기 위한 싸움을 벌여야 했다.

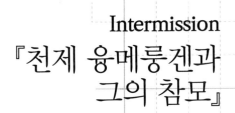

Intermission
『천제 융메룽겐과
그의 참모』

the War ends the world /
raises the world

천제 융메룽겐이라는 인물에 관하여──.

이 단일 요새 영역 「천제국」의 수장이자 상징.

적어도 9대 이상 이어져 내려온 지위.

시조 네뷸리스가 반기를 든 100년 전보다도 더 오래된 옛날부터 「천제」라는 칭호는 존재했고, 그는 제국 국민은 모르는 『천상전하(天上轉下)의 식(式)』이라는 방법에 따라 선출됐다.

국민은 이에 의문을 품지 않았다.

이곳이 세상에서 가장 번영한 나라이기 때문이다. 그들은 행복했다. 그래서 천제의 방식에 이의를 제기할 이유가 없었다.

"부유한 사람은 마음도 부유하다. 의식주가 해결되면 예절을 알게 된다──는 것은 둘 다 명언입니다. 이 나라가 풍요로운 한, 인민은 현상 유지를 원하고 사회투쟁은 원치 않을 것입니다."

천주부──.

이 제도에서 가장 오래된 건조물로 손꼽히는 『창문 없는 빌딩』.

이 불그스름한 흙색 건물은 100년 전 시조 네뷸리스의 반란에 의해 초토화된 땅에서 유일하게 살아남은 건조물이기도 했다.

내부는 총 네 개의 건물로 구성되어 있었다.

거대한 빌딩 안에 사중 탑이 들어 있고, 그것들은 유리 통로로 연결되어 있었다.

"그러므로 제도는 여전히 평화롭습니다. **천제 각하.**"

"수고했다. 리샤."

리샤를 맞이한 사람은 콧수염을 기르고 군복을 입은 덩치 큰 남자였다.

천제 융메룽겐.

"이미 보고 드렸듯이 팔대사도의 특무『여왕 포획 계획』을 수행할 것입니다. 저를 제외한 사도성들은 벌써 제도를 떠났습니다. 그것을 보고 드리러 왔습니다."

"알았다."

똑바로 서 있던 군복 차림의 천제가 갑자기 움직였다.

들어가라── 하고 말하는 것처럼 유리 통로 가장자리에 붙어서더니, 통로 저 안쪽을 턱으로 가리켰다.

"각하께서 기다리고 계신다."

"네~ 감사합니다. 참고로 지금 뭐 하고 계시나요?"

"늘 그렇듯이 심심해하신다. 심심지수 63이라고 하셨다."

"90만 안 넘으면 괜찮아요. 전에는 뜬금없이 제국 밖으로 뛰쳐나갔나 했더니, 샐린저와 접촉했다고 했잖아요. 내가 얼마나 당황했는데요."

천제 융메룽겐의 대역.

제국 사령부 대표와 만날 때에나 이 천주부에서 나올 때는 이 남자가 천제 역할을 대신한다. 이 남자가 바로 **9대째 대역**이었다.

──정점에 있는 것은 단 한 사람.

──천제 융메룽겐은 100년 전부터 한 번도 바뀌지 않았다.

유리 통로를 건너 도착한 곳.

사중 탑 최상부 『비상비비상천(非想非非想天)』.

거의 모든 번뇌를 떨쳐버려야 도달할 수 있는 하늘의 경지로서, 옛 신학자가 정해놓은 영역. 그런 이름을 지닌 건물.

그곳에 들어가자마자 강한 풀 냄새가 리샤의 코를 확 찔렀다.

"앗. 또 다다미를 교체하셨어요? 난 이 골풀 냄새 별로인데."

『────.』

"아, 네. 됐어요. 괜찮아요. 투덜거린 거 아니거든요? 천제 각하 앞에서 투덜거리다니, 그건 천제의 참모로서 하면 안 될 행위지요."

『────.』

수십 장이나 되는 다다미가 깔린 바닥.

리샤는 신발을 벗고 들어가 편안하게 그 위에 누웠다.

눈앞에는──.

똑같이 누워서 이쪽을 보는 무언가가 있었다.

"천제 각하. 어떻게 생각하세요? 이번 특무."

『────.』

"뭔가 좀~ 수상하지 않아요? 아, 물론 황청 침입은 무사히 이루어질 거라고 생각해요. 전례도 있고요. 아마 중앙주에도 도착할 수 있을 테죠. 그러나 팔대사도와 『E 피험자』가 몰래 손잡았다면, 그건 곤란하잖아요."

안경을 벗었다.

누워 있을 때는 안경이 거추장스러워서 벗는 것이 리샤의 습관이었다. 시야가 약간 흐려졌는데도 「천제」의 윤곽은 뚜렷이 보였다.

짐승 같기도 하고 인간 같기도 한 은색 물체였다.

"어쩔까요? 요하임도 떠난다고 하는데. 제가 곁에 남을까요?"

리샤의 역할은 천제의 참모.

팔대사도의 특무가 아무리 중요해도, 천제를 곁에서 모시는 것이 리샤의 진짜 임무였다.

『————.』

천제의 음성.

그는 옆에 누워 있는 리샤에게만 들리는 조그만 음성으로 무슨 말을 했다.

"……뭐, 그건 그래요. 나 혼자만 땡땡이치면 다른 사도성들이 화를 낼 테죠."

리샤가 쓴웃음을 지었다.

틀림없이 천제의 대답을 들었기 때문에 그런 반응을 보인 것이다.

"알겠습니다. 『E 피험자』인지 뭔지를 구경할 기회라고 생각하고 다녀올게요. 도대체 어떤 괴물이 되었을지 궁금하네요."

Chapter.4
『한 지붕 아래』

the War ends the world /
raises the world

1

루–에르츠 궁전 3층, 앨리스의 방.

아침 햇살이 비쳐드는 거실에서 앨리스는 콧노래를 부르고 있었다.

"후후, 오늘도 날씨가 참 좋네. 구름 하나 없이 푸르른 하늘, 맑디맑은 공기. 더없이 상쾌한 바캉스야!"

"앨리스 님."

"응, 오늘도 희망찬 하루가 될 것 같지?"

"앨리스 님! 도대체 무슨 일이에요? 아침부터 왜 그렇게 기분이 좋으신 건지……."

의자 뒤에서 린이 몸을 쑥 내밀고 얼굴을 들여다봤다.

지금은 앨리스의 금빛 머리카락을 빗질해주는 중이었는데, 앨리스의 콧노래가 영 신경 쓰였나 보다.

"뭐? 아니, 난 평소와 똑같은데."

"평소와 다르니까 여쭤보는 거죠. 아침부터 콧노래를 부르시다니…… 평소에는 아침부터 늘 우울한 표정을 짓고 계셨잖아요."

"그건 매일매일 서류에 사인하는 작업만 해야 하니까 그랬지. 이 별장에서는 그럴 염려가 없잖아?"

"정말로 그게 다예요?"

"응. 다야."

"……수상하네요."

린이 앨리스의 금빛 머리카락을 손으로 어루만졌다.

머리카락 한 올 한 올이 햇빛을 받아 순금으로 된 실처럼 빛나고 있었다. 그런데 촉감은 또 비단같이 부드러웠다.

"앨리스 님. 오늘은 머리카락의 윤기가 평소와 다르네요."

"그래?"

"피부도 매끈매끈해서 화장도 잘되고…… 뭐랄까, 오늘 앨리스 님은 평소보다 더 생기가 흘러넘치시는 것 같아요."

또 뺨도 분홍색으로 상기되어 있었다.

덤으로 콧노래까지 부르고 있으니, 린이 신경 쓰는 것도 당연했다.

"무슨 일이 있었나요? 어젯밤에 일리티아 님의 방에서 주무셨다고 들었는데요. 거기서 뭔가 좋은 일이라도 있었습니까?"

"……좋은 일? 음, 그래. 가끔은 세 자매가 같이 자는 것도 좋은 것 같아."

앨리스는 뒤에 있는 시종에게 들뜬 목소리로 대답했다.

"치열한 대결이었어."

"네?"

"시스벨과 언니가 깨지 않도록 목소리를 낮추느라 힘들긴 했지만, 그래도 꽤 충실한 공방전이었어."

"……저, 그게 무슨 말씀이세요?"

"역시 전직 사도성은 만만치 않더라. 철벽 수비로 끝까지 나에게 저항하다니. 조금만 더 했으면 남자의 비밀을 밝혀낼 수 있었을 텐데. ……아, 파렴치한 짓은 아니었어. 그쪽이 먼저 내 속옷을 봤으니까, 이건 정당한 복수전이었어."

"도대체 무슨 말씀을 하시는 건지 모르겠는데요?!"

물론 앨리스도 그걸 말해줄 수는 없었다.

하룻밤 내내 이스카의 옷을 벗기려고 분투했다고 솔직히 말하면 린이 괴상한 표정으로 쳐다볼 것이다.

……뭐 어때. 아무도 이해해주지 않아도 괜찮아.

……나와 이스카, 단 두 사람만의 대결인걸. 내가 만족하면 그걸로 됐어.

최종적으로는 앨리스가 지쳐서 잠들어버렸다.

아침에 일어나 보니 이스카는 침대에 없었는데, 그래도 앨리스의 가슴속에는 만족감이 꽉 차올랐다. 오랜만에 그와 「맞붙은 것」이 이토록 자극적인 충실감을 가져다줄 줄은 몰랐다.

"앨리스 님. 머리 손질이 끝났습니다."

"고마워. 자, 오늘은 뭘 할까? 날씨도 좋으니 외출도 괜찮겠네."

실내에서 베란다로 나갔다.

거기서 별장 뒤뜰을 내려다보는 앨리스. 그런데 어젯밤에 격투를 벌였던 라이벌의 모습이 눈에 띄었다.

"이스━━━아, 아냐. 안 돼."

말을 걸려다가 꾹 참았다.

나와 이스카는 서로 모르는 척하기로 했으니까. 게다가 뒤에는 린도 있었다. 내가 말을 걸면 분명히 싫어할 것이다.

"윽. 제국 검사……."

예상대로 린은 뒤뜰에 있는 이스카를 발견하자마자 불쾌한 표정을 지었다.

그 옆에는 제국 부대 멤버 세 명도 있었다. 다들 골프채를 들고 있었다. 뒤뜰에 있는 골프장을 이용하려나 보다.

"저놈들이…… 저건 루 가문의 시설인데. 제정신인가? 아무리 손님으로 데려왔어도 그렇지, 제국 군인에게 저걸 이용하게 해준다고? 도대체 누가 저놈들을 뒤뜰로 안내한 거야?"

이스카와 미스미스 대장은 앨리스도 잘 알고 있었다.

나머지 두 명은 진과 네네라고 했는데. 이 두 사람과는 인사는 했지만, 아직 어떤 사람들인지는 잘 몰랐다.

……모르는 편이 낫지.

……쓸데없이 의기투합해서, 전장에서 망설임이 생기는 것보다는.

앨리스가 베란다에서 지켜보는 가운데 제국 사람 네 명이 골프를 치기 시작했다.

네트를 향해 골프채로 공을 치는 단순한 게임이었다.

마치 배팅 센터에서처럼 끊임없이 공을 친다. 너무 단순해서 어린 시절 앨리스는 금방 질려버렸었는데.

"……즐거워 보이네요. 앨리스 님."

"……완벽하게 만끽하고 있구나."

네 명 다 골프 초보자인가 보다. 우선 지면에 놔둔 공을 치려고 골프채를 휘둘러도 헛스윙. 어쩌다 맞아도 공은 멀리 날아가지 못하고 데굴데굴 바닥을 구르기만 했다. 그런데 네 사람은 그런 실패조차도 즐기면서 놀고 있었다.

"의외군."

린이 혼잣말을 중얼거렸다.

"저 제국 검사는 검은 그렇게 잘 다루면서, 골프채 휘두르는 솜씨는 생초보 같은데?"

그렇다.

네 명 중에서 가장 서투른 사람은 뜻밖에도 이스카였다. 신체 능력은 틀림없이 좋을 텐데, 골프채를 휘두르는 자세가 영 딱딱해 보였다.

보는 사람이 답답해질 정도였다.

……어휴, 내가 저기 있었으면 당장 지도해줬을 텐데!

베란다에서 지켜보기만 하는 것이 갑갑했다.

그런데 골프 연습장에 누군가가 나타났다. 어젯밤에 같이 잤던 셋째 시스벨. 내 동생이 무슨 짓을 하려는 걸까? 앨리스가 고개를 갸웃하며 지켜보는 가운데——.

"후후. 여러분, 재미있게 즐기고 계시나 보네요."

동생이 부드러운 미소를 지으면서 은근슬쩍 네 사람 사이에 끼어들었다.

"이스카, 그렇게 치면 공이 날아가지 않아요."

"어, 진짜?"

"네. 제가 가르쳐드릴게요. 우선 골프채 쥐는 방법부터. 어머, 어깨가 지나치게 굳어 있네요. 좀 더 편안하게………… 좋아요, 그렇게……."

참으로 자연스럽게 이스카에게 다가가는 동생.

이스카의 등을 껴안듯이 두 팔을 두르더니, 골프채를 둘이서 꼭 쥐었다.

"쟤, 쟤가 뭐 하는 거야?!"

"저놈들을 골프장으로 안내한 사람이 시스벨 님이었나 보군요. ……그런데 목적이 뭘까요? 일부러 제국 부대를 환영할 이유가 있을까요?"

의아해하면서 고개를 갸웃거리는 린.

그러나 앨리스는 알 것 같았다. 저것이 바로 동생의 목적이었다.

이스카의 골프채를 옆에서 같이 붙잡는 시스벨. 그것이 앨리스의 눈에는 마치 웨딩 케이크를 자르는 신랑 신부의 모습처럼 보였다.

……쟤가 또 나의 라이벌에게 집적거리는구나!

……아니, 잠깐만. 이스카 혼자만이 아니잖아. 설마 진심으로

저 부대원 네 명을 부하로 삼을 생각인가?

이스카는 결코 황청에 복종할 리 없다. 자신은 그렇게 믿고 있고, 또 나머지 세 사람도 제국을 배신할 가능성은 낮았다.

그러나 이성과 감정은 별개였다.

시스벨이 이스카에게 접근하는 모습을 보면, 앨리스의 마음도 자꾸만 불안해졌다.

"……나중에 저 애한테 설교를 해야겠어."

"앨리스 님. 표정이 너무 무서운데요. 전송하실 때에는 그런 표정 짓지 않도록 주의해주세요."

"……전송이라니?"

무슨 소리지?

착 달라붙어 자신을 달래는 린. 앨리스는 그대로 멈춰서 중얼거렸다.

"이스카네 부대가 돌아가려면 아직 멀었잖아?"

"저놈들 얘기가 아닙니다. 앨리스 님, 자신의 역할을 떠올려보세요. 앨리스 님께서 어젯밤에 협상에 응하셨잖아요."

린이 뒤에서 소곤소곤 귀엣말을 했다.

"일리티아 님이 돌아가실 겁니다. 왕궁에서 여왕님이 기다리고 계시니까요."

2

루–에르츠 궁전 3층.

"시스벨 님, 새 수건을 가져왔습니다."

"······고마워요. 거기 놔둬요. 나도 옷을 갈아입을게요."

고용인이 퇴실했다.

등 뒤에서 문이 닫혔다. 시스벨은 바싹 마른 목을 냉수로 축였다. 목을 타고 흐르는 땀을 수건으로 닦고, 셔츠를 벗고 속옷 차림이 되었다.

"······내가 뭐 하는 걸까."

전신 거울에 비친 자신의 두 뺨은 방금 골프를 치고 와서 발그레하게 상기되어 있었다.

단순한 심심풀이였다.

······어차피 별장에 갇혀 있어야 하니까. 시간이나 때워보려고 했다.

······그러지 않으면, 슈바르츠가 곁에 없는 것이 불안해서 마음이 무너질 것 같았으므로.

골프를 해본 적이 없다는 이스카와 그의 동료들에게 골프를 가르쳐줬다.

그런데 그것이──.

재미있었다. 처음에는 뒤에서 지켜보기만 했는데, 어느새 지도해주게 되었고, 직접 시범까지 보여주다가 막판에는 제국 부대 네 명과 함께 놀고 말았다.

······안 돼. 상대는 제국 부대잖아.

……그것은 호위의 영역을 뛰어넘는 행위야.

옷을 갈아입어야 할 정도로 땀을 뻘뻘 흘렸다. 그렇게 정신없이 놀았다.

산들바람.

창문을 통해 들어오는 훈풍이 촉촉한 피부를 기분 좋게 어루만졌다. 잠시 옷을 입는 것조차 잊어버리고 속옷 차림으로 바람에 몸을 맡기고 있었다.

"어머, 시스벨. 이렇게 환한 오전부터 우수에 젖어 있는 거야?"

온몸을 감싸던 기분 좋은 따뜻함이.

그 목소리를 듣는 순간, 빙해에 내던져진 것처럼 오싹한 한기로 바뀌었다.

"어, 언니?!"

"노크는 했어. 그런데 네가 대답을 안 해서, 그냥 들어와 본 거야."

등 뒤에서 소리가 들려왔다.

시스벨이 돌아보기도 전에 장녀 일리티아가 뒤에서 와락 끌어안았다. 꼼짝도 하지 못하도록. 먹잇감을 꼭 붙잡고 놔주지 않는 육식동물 같은 기세였다.

"무…… 무슨 일로 오셨어요……?"

목구멍에서 쥐어 짜낸 목소리가 저절로 떨렸다.

──어젯밤과는 달랐다.

──어젯밤의 언니와는 다른 분위기. 딴 사람인가?

동생이기 때문에 알 수 있었다. 언니의 온화한 말투에 배어 있는 무기질적인 감정. 길바닥의 돌멩이한테 말을 거는 듯한 단조로운 목소리였다.

"저 지금, 옷 갈아입고 있는데…… 언니는…… 왕궁에 돌아가신다고……."

"응. 가기 전에 인사하러 온 거야."

속삭이는 제1왕녀.

"시스벨. 즐거웠어. 넌 좀처럼 남들 앞에 나타나지 않잖아? 방에 틀어박혀서 식사도 거기서 했고. 언제나 함께 있는 사람은 시종밖에 없었잖아?"

"그, 그건……."

"아, 맞아. 시종이라고 하니까 말인데."

언니의 숨소리에 쿡 하고 웃음기가 섞였다.

풍만한 가슴을 동생의 등에 엎듯이 딱 붙인 자세로 말했다.

"슈바르츠가 납치됐잖아. 너도 고생이 많았겠다. 안 그래?"

"――――?!"

시종이 납치됐다. **어떻게 그렇게 단언할 수 있지?**

슈바르츠는 실제로 행방불명 상태였다. 이 중앙주에 들어오고 나서 연락이 끊겼다. 그러나 아직 납치됐다는 사실이 밝혀지진 않았다.

……교통사고나 급환으로 인해 입원했을 가능성도 있었다.

……슈바르츠가 사라진 이유는 나조차도 아직 정확히 알아내

지 못했는데!

오직 그를 덮친 사람만이 진실을 알고 있을 것이다.

다시 말해.

"…………으……웃……."

소리가 나오지 않았다. 범인은 바로 여기 있었다.

"시스벨 군. 병사를 모집하느라 고생이 많아 보이는군."

"가면 경?! 다, 당신이 왜 여기에……."

독립국가 알사미라에서 가면 경에게 자신의 행선지를 가르쳐준 밀고자.

시종 슈바르츠를 납치한 장본인.

……루 가문의 배신자는.

……일리티아 언니, 당신이었군요!

그렇게 말하고 싶었지만 대답을 듣는 것이 무서웠다. 이가 덜덜 떨렸다. 극도의 긴장감 때문에 입술이 바짝바짝 말랐다.

"왜 그러니? 떨고 있구나. 바람을 쐬어서 몸이 차가워졌나 봐? 하긴, 거의 벌거벗은 상태니까. 게다가 넌 원래 몸이 튼튼한 편도 아니잖니."

시스벨을 뒤에서 끌어안은 팔이 마치 옭아매려는 것처럼 한층 더 강하게 파고들었다.

"뭔가 불안한 일이라도 있니? 언니에게 말해봐, 응?"

"어, 언니……."

"안심하렴."

등을 누르던 압력이 갑자기 사라졌다.

"이 저택에서 얌전히 있으면 네 시종은 돌아올 거야. 내 생각에는 왠지 그럴 것 같아."

"――――!"

용수철 튕기듯이 휙 돌아봤다.

그러나 장녀 일리티아는 이미 방문을 통해 나가버렸다.

━━━━━━

루–에르츠 궁전, 동관.

"조금만 더 힘내. 열여덟, 열일곱, 열여섯…… 대장님. 평소보다 영 맥아리가 없네?"

"그, 그야…… 우리, 방금 전까지 골프 쳤잖아? 너무 피곤해!"

이스카에게 주어진 객실의 복도.

네네를 등에 업은 미스미스 대장이 땀을 뻘뻘 흘리면서 스쿼트를 하고 있었다. 그 모습을 지켜보는 진과 이스카는 이미 훈련을 마치고 휴식 중이었다.

"골프? 보스는 골프채를 들고 계속 헛스윙만 했잖아?"

"아니~ 그건! 내가 운동신경이 없어서 그런 게 아니라, 공이 자꾸 도망가서 그런 거야! 골프공이! 내 골프채를 피해 도망쳤다니까!"

"이 세상 어디를 뒤져봐도 공이 도망친다는 과학적인 논거 따 윈 없을걸?"

"아냐, 있어! 진짜 있다니까?! ……아아! 소리 질렀더니 더 힘 들어……!"

폭포수처럼 땀을 흘리면서 비틀거리는 조그만 여대장.

"네, 네네야…… 몇 번 남았어?"

"스물다섯 번."

"늘었네?! 너 방금 횟수 늘렸지, 응?!"

단말마 같은 대장의 비명 소리가 울려 퍼졌다.

안쪽 거실에서 이스카는 문득 뭔가를 깨달았다. 진이 평소와는 달리 「아무것도 하지 않고」 테이블 옆 의자에 앉아 있다는 사실을.

"진. 총 정비는————앗. 아, 맞다."

"몰수당했지. 네 성검도 마찬가지잖아?"

진이 의자 등받이에 몸을 기댔다.

그 모습이 어딘가 부족해 보였다. 평소에 늘 훈련을 마치고 총을 손질하는 것이 진의 일과였기 때문이다.

제도에서도, 독립국가 알사미라에서도, 황청에 들어오고 나서 도 단 하루도 그 작업을 거르지 않았다.

……우리들 중에서 저격수는 가장 섬세한 감각이 필요한 직업 이니까.

……진은 불안할 것이다. 총을 만지지 못해서.

물론 이스카도 마찬가지였다.

성검의 감촉은 손에 배어 있고, 이미지트레이닝도 꾸준히 하고 있다. 지금은 오히려 몰수된 검이 어떤 상태로 보관되어 있을지가 걱정이 됐다.

"이스카."

"어, 왜?"

"우리의 무기와 통신기를 몰수한 사람은 그 수상한 여자였잖아. 그런데 그 녀석은 오전에 돌아간다고 했지?"

이름은 언급하지 않아도 알았다.

제1왕녀 일리티아. 이중 스파이로서 제국과 관계를 맺었다고 본인 입으로 말했는데, 이스카와 동료들은 그것을 확인할 길이 없었다.

"그러면 우리 장비는? 그 녀석이 왕궁으로 돌아갈 때 그것도 가져가버리면, 어떻게 할 방법이 없잖아."

"······설마 그런 짓까지 하지는 않을 것 같은데."

고용인에게 물어볼까?

그들은 대답해주지 않을 것이다. 일리티아가 이곳에 없다면, 앨리스나 시스벨이 허가하지 않는 한.

······앨리스에게는 부탁할 수 없었다. 우리 관계는 여전히 비밀이니까.

······그렇다고 시스벨에게 부탁하기도 좀 그랬다. 빚을 지는 셈이니까······.

똑똑.

그때 희미한 노크 소리가 밖에서 들려왔다. 문 앞에서 트레이닝을 하던 네네와 미스미스 대장이 문을 열었다.

그들이 헉! 하고 숨을 들이켜는 것이 이스카에게도 전해졌다.

"어, 시스벨?"

복도를 따라 걸어오는 불그스름한 금빛 머리칼의 소녀.

그런데 이게 무슨 일일까.

좀 전에 뒤뜰에서 같이 있었을 때에는 참으로 밝게 웃고 있었는데, 지금 눈앞에 나타난 소녀는 눈빛이 어둡고 안색도 흙빛으로 질려 있었다.

"_____."

눈앞에서 제3왕녀가 무너져 내렸다.

융단 위에 무릎 꿇고 쓰러졌다. 바닥과 격돌하기 직전에 이스카가 소녀의 몸을 받아냈다.

"아니, 무슨 일이야?"

"시스벨 씨? 저, 저기, 왜 그래요?"

보통 일이 아니었다.

진이 자리에서 일어났다. 미스미스 대장이 복도에서 시스벨을 쫓아왔다. 제국 병사 네 명에게 둘러싸인 채.

"……이스카……."

소녀가 고개를 들었다. 그 순간 깜짝 놀랐다.

제3왕녀 시스벨이 입술을 꽉 깨물고 필사적으로 오열을 삼키고 있었기 때문이다.

"방금, 드디어…… 알아냈습니다…….

무엇을.

그렇게 물어보기도 전에 시스벨이 이스카의 팔을 끌어안았다.

그에게 매달린 소녀가 온 힘을 다해 외쳤다.

"배신자는 일리티아 언니예요……. 언니가, 여왕님을 배신하려
고 하는 범인이에요!"

3

네뷸리스 왕궁——.

창공을 향해 우뚝 선 탑 「달의 탑」.

시조의 말예인 조아 가문의 관저. 이곳에서 일하는 사람들은
모두 다 조아 가문의 사상에 심취한 자들이었다.

그 탑의 지하실.

네 겹의 벽으로 차단된 밀실 『달그림자』. 그것은 이 탑이 건설
되고 나서 조아 가문의 현 당주에 의해 증설된 공간이었다.

루 가문도 히드라 가문도 모르는 방. 그 무시무시한 『등불』의
시스벨도, 방의 위치를 모르는 한 대화를 엿듣지는 못할 것이다.

"지금 루 가문의 장녀 일리티아가 왕궁으로 돌아왔습니다. 루
가문의 별장에서."

방에 모여 있는 조아 가문 사람들 여섯 명.

모두 시조의 혈통으로서 강력한 성령을 지닌 순혈종이었다.

"그리고 이제 막 들어온 정보에 의하면, 일리티아는 컨디션이 좋지 않다는 이유로 여왕 알현을 거부했다고 합니다."

그렇게 말하는 사람은 가면으로 맨얼굴을 가리고 예복을 입은 남자였다.

가면 경 온. 이 남자는 조아 가문에서 참모 역할을 맡고 있었다.

"아마 오늘 내일은 모습을 드러내지 않을 겁니다. 그렇게 시간을 끄는 이유가 뭔지 궁금하군요."

"……그 아이……."

쉰 목소리가 밀실에서 조용히 퍼져 나갔다.

조아 가문의 당주인 「죄」 그로울리.

일흔이 넘은 이 남자는 쇠약해져서 휠체어를 타고 있었다.

깊은 주름과 검버섯이 눈에 띄는 노인이지만, 이 남자가 조아 가문에서 가장 무서운 성령술사란 사실을 모르는 사람은 없었다.

"밀라베어의 제1왕녀…… 20년 전…… 그 아이가 태어났을 때. 그건 지금도 똑똑히 기억해. 그 아이의 성령을 봤을 때…… 나는…… 다음 콘클라베에서의 승리를 확신했다."

너무나 쓸모없는 성령.

일리티아의 『음성』의 성령은 자신이 들은 목소리를 기억해서 흉내 내는 것이었다.

"단순한 성대모사. 그것으로는 여왕이 될 수 없어. 그렇게 확신했는데……."

그것이 실수였다.

제1왕녀 일리티아는 조아 가문이 생각지도 못했던 성령술을 보여줬다. 그것이 바로 여왕 암살 계획이었다.

"잘 가라. 루 가문 사람들."

여왕의 방에서 폭발이 일어났을 때——.

네뷸리스 8세를 비롯한 부하들은 입을 모아 증언했다. "폭발 직전에 가면 경의 목소리가 들렸다"고.

그것이 상황증거가 되는 바람에 조아 가문은 근신 처분을 받았다.

진범이 붙잡히기 전까지는 용의자로서.

"온. 한 방 먹었구나……."

"네, 그렇습니다. 저도 그 순간에는 미처 눈치채지 못했습니다."

당주의 한마디에 가면 경은 순순히 어깨를 으쓱하면서 인정했다.

"여왕의 방에서 들린 목소리는 **제1왕녀가 성령술로 꾸며낸 가짜 음성이었습니다.** 저에게 누명을 씌우기 위한 장치였죠."

폭발 당시 일리티아도 여왕도 둘 다 불길에 휩싸일 뻔했다.

그런 사람이 범인일 리 없다.

그러나 일리티아는 알고 있었을 것이다. 네뷸리스 황청의 여왕으로 군림하는 인물이라면, 그 폭풍을 틀림없이 막아낼 수 있으리란 것을.

"여기서 한몫한 것이 히드라 가문이었습니다. 여왕의 방을 폭발시킨 하수인은 히드라 가문 사람이고, 일리티아가 폭발 타이밍에 맞춰 저의 음성을 꾸며냈습니다. 그것이 사건의 진상. 저도 바로 얼마 전에야 알았습니다."

"온. 여왕에게 그것을 알려줬느냐?"

"그럴 필요는 없겠지요. 이제 곧 제3왕녀가 돌아올 테니까요. 그러면 여왕 암살 계획의 영상을 재현하여 만인 앞에서 진범을 폭로할 것입니다."

별(루)과 태양(히드라)은 추락하여 지평선 아래로 가라앉을 것이다. 저절로 달(조아)이 빛나는 시대가 온다.

"다만 한 가지 신경 쓰이는 점이 있습니다."

가면 경이 팔짱을 끼고 천장을 물끄러미 쳐다봤다.

"일리티아는 총명한 사람입니다. 여왕 암살 계획의 주모자가 자신과 히드라 가문이라는 사실이 동생의 성령에 의해 밝혀지는 것은 시간문제일 터. 그런데 왜 그런 무모한 방법을 선택했는지……."

"뭔가 꿍꿍이가 있다는 게냐?"

"저는 그렇게 생각하고 있습니다. 어쩌면 한 건 더 터뜨릴 생각일지도 몰라요. 그러니까…… 키싱."

가면 경은 당주 그로울리의 말에 대답한 뒤, 옆에 서 있는 소녀에게 말을 걸었다.

──가시의 순혈종 키싱 조아 네뷸리스.

검은 머리 소녀는 전에 이스카와 싸웠을 때와 마찬가지로 안대로 두 눈을 가리고 있었다.

잘 성장하면 루 가문의 앨리스리제조차 능가하는 성령술사가 될 가능성이 있으므로, 조아 가문의 특수 훈련을 받고 있는 비장의 카드.

"경계를 게을리 하면 안 돼. 『무슨 일』이 일어난다면, 틀림없이 며칠 내로 일어날 거다."

━━━━━

밤 열한 시를 알리는 종소리가 울려 퍼졌다.

루 가문의 별장인 이 루-에르츠 궁전에서 모든 고용인들이 업무를 마치고 조용히 밤의 한때를 편안하게 즐기는 시간——.

"이건 아무리 봐도 『범인』이군. 범인이 자백을 했어."

시스벨의 방.

등불의 성령에 의해 영상화된 대화 장면을 보고 나서, 진이 담담하게 이야기를 계속했다.

"슈바르츠라는 그 할아범을 납치할 계획을 세운 범인은 네 언니다. 그게 아니면 『슈바르츠가 납치됐잖아?』라는 말을 하지는 못했을 거야."

"저기, 진 군?!"

"솔직한 의견을 듣고 싶다고 했잖아. 그래서 솔직한 의견을 말

197

한 것뿐이야."

"그, 그건 그렇지만. 그래도 말투가 좀……."

지나치게 솔직한 진의 이야기에 조심스럽게 끼어든 사람은 미스미스였다.

소파에 앉아 있는 시스벨은 아무 말도 하지 않았다. 입술을 깨물고, 손을 허벅지에 올린 채 주먹을 꽉 쥐고 견디고 있었다.

이스카가 보기에도 너무 불쌍한 모습이었다.

"진."

"어, 왜?"

"……저 일리티아란 사람은 어째서 자기가 범인이란 사실을 밝혔을까?"

"글쎄. 어쩌면 일종의 견제일지도 모르지. 마지막 한마디──『이 저택에서 얌전히 있으면 네 시종은 돌아올 거야』라는 것은, 요컨대 『여기서 아무것도 하지 말고 가만히 있어』란 뜻이잖아?"

"우리가 이 저택에서 나가지 않는 것도 포함된 걸까?"

"아마도 그렇겠지. 단."

은발 저격수가 벽에 기대어 섰다.

자신이 애용하는 저격총을 어깨에 멘 채.

"저택 안에서는 무슨 짓을 해도 상관없다. 몰수된 우리의 무기를 회수해서 돌려주는 것도, 일리티아는 금지하지 않았어."

미스미스와 네네의 총도 주인에게 돌아왔다.

그리고 이스카의 성검도. 검은색과 하얀색 검 두 자루가 테이블에 놓여 있었다. 전부 다 저택 창고에서 시스벨이 찾아내서 들고 온 것이었다.

──첫째 언니에 대한 무언의 저항.

셋째인 시스벨이 할 수 있는 유일한 행동이었을 것이다.

"자, 그럼 이제 어떻게 할래? 고용주 씨. 우리에게 무기를 줘도, 우리가 이것을 들고 왕궁까지 가서 당신 언니에게 복수하는 것은 불가능해."

"……네. 저도 그럴 생각은 없어요."

또렷한 목소리.

이스카가 귀를 의심할 정도로 제3왕녀의 목소리에는 강한 신념이 깃들어 있었다.

"언니는 왕궁으로 귀환했습니다. 제가 움직이지 않아도, 여왕님께서 언니를 심문하실 겁니다. 나를 이 별장에 가둔 이유가 뭐냐고 물어보실 테죠."

"오케이. 그래서?"

"뒷일은 시간이 저절로 해결해줄 거예요. 8일 후에는 왕궁으로 돌아가서 제가 여왕 암살 사건의 범인을 찾아낼 겁니다. 그걸로 끝이에요."

"너무 늦지 않아?"

"……네?"

"내가 너였으면『이 타이밍에서 공격적으로 행동할 거야』."

진의 대답에 시스벨이 깜짝 놀란 얼굴로 대꾸했다.

"그게 무슨 뜻이죠?!"

"지금 당장 왕궁으로 직행하는 거다. 거기서 너의 성령으로 여왕 암살의 범인을 밝혀낸다. 8일 동안 여기서 기다린다는 선택지 따윈 없어."

"네?! 하, 하지만, 그러면 슈바르츠의 생명이……."

"위험해질 테지. 그러나 확실한 사실이 하나 있어. 네가 이 별장에 머무는 8일 사이에 뭔가 엄청난 사건이 일어날 가능성이 있다."

"……그건, 언니가 10일이라는 약속을 유독 강조했기 때문인가요? 그 며칠 사이에 무슨 사건을 일으킬 생각이라서?"

"그렇다."

은발 저격수가 씹어 뱉듯이 말했다.

"행동하지 않을 거면 가만히 있어도 돼. 단, 그래도 언제든지 왕궁으로 돌아갈 수 있도록 준비는 해둬."

"친절하시네요."

"뭐라고?"

"그 조언은 저의 호위 임무에 포함된 내용이 아니잖아요. 그런데도 일부러 조언해주시다니. 저를 걱정해서 그런 게 아닌가요?"

"…………."

진은 대답하지 않았다.

그 무뚝뚝한 반응을 본 시스벨이 가볍게 웃음을 터뜨렸다.

"고맙습니다. 귀한 조언, 꼭 기억할게요."

모두들 긴장한 상태로.

말을 아끼는 가운데 시간만 조용히 흘러갔다. 이스카와 동료들은 시스벨을 호위했고, 그날 루 가문의 별장에서는 아무런 이상도 생기지 않았다.

4

다음 날——.

일리티아가 별장을 떠난 지 하루가 지나, 밤 열한 시가 되었다.

"……수상해."

앨리스는 자기 방 테이블에 팔꿈치를 대고 앉아 뾰로통한 표정을 지었다.

"이스카도 시스벨도 나와 눈을 마주치려고 하지 않아. 어제도 오늘도 내내 그랬어. 무슨 일이 있는 게 틀림없어. 린, 네 의견은 어때?"

"저는 그게 오히려 자연스러운 태도라고 생각합니다."

맞은편에 앉아 있는 린은 테이블 위에 암기를 늘어놓고 점검하는 중이었다.

투척용 나이프 열두 개, 금속 침, 철사, 독약, 수면제 캡슐 등. 이렇게 많은 물건들을 용케 날마다 숨겨 가지고 다니는구나…… 하고 앨리스가 감탄할 정도였다.

"시스벨 님은 원래 과묵한 분이십니다. 제국 검사도 앨리스 님과의 관계가 알려지지 않도록 입을 다물고 있는 것이겠죠."

"아니, 그게 아니야. 뭔가…… 숨기고 있는 느낌이 들거든?"

복도에서 스쳐 지나갈 때 느꼈다.

동생의 표정이 달라졌다. 일리티아 언니가 왕궁으로 돌아간 어제부터 그랬던가? 마치 뭔가를 각오한 것처럼 평소보다 굳센 표정을 짓고 있었다.

……이스카에게 물어보고 싶은데.

……이 저택에서는 무턱대고 행동할 수도 없었다.

한 지붕 아래에 그가 있다. 그런 상황이 그동안 한 번도 없었던 것은 아닌데, 고용인들이 지켜보는 가운데 계속 『모르는 척』하는 것은 너무 답답했다.

애가 탔다.

몰래 이스카를 불러내서 대화해보고 싶지만, 시스벨의 성령에 의해 대화 내용을 들킬 가능성이 있었다.

……어휴, 정말. 내 동생이지만 참 대단하다. 뭐 그런 성령이 다 있어?

……비밀 이야기조차 할 수 없다니. 골치 아프다니까.

하지만 그렇기 때문에 그 성령은 필요했다. 여왕 암살 미수 사건이라든가 다른 모든 일에 관해서도 시스벨은 진실을 밝혀낼 수 있을 테니까.

그리고 그 용의자 중 한 사람――.

"린. 일리티아 언니는 뭐 하고 계실까?"

"어제 왕궁으로 돌아가신 이후로 움직임이 없습니다. 갑자기 컨디션이 안 좋아지셔서 어젯밤에는 방에서 쉬셨다고 합니다."

칼을 스커트 속에, 철사를 소매 안에 숨기는 린.

다양한 암기들이 속속 사라지는 그 장면이 앨리스에게는 마치 마술처럼 보였다. 정말 탁월한 기능이었다. 역시 내 호위병은 굉장해.

"여왕 폐하께서 딱 하룻밤만 정양을 허락하셨다고 합니다. 그게 어젯밤이었으니까, 오늘 밤에는 여왕의 방에서 진술 청취가 이루어질 겁니다."

"……응. 지금쯤 그러고 있겠네."

시스벨을 별장으로 데려간 이유가 무엇인지.

여왕이 직접 딸에게 물어볼 것이다. 어떤 의미에서는 전례가 없는 이단 심문이 이루어지는 것이다.

"썩 유쾌하진 않아."

"네. 여왕 폐하도 같은 심정이실 겁니다. 어쩌면 자기 딸을 감옥에 가둬야 할지도 모르니까요. 그것도 각오하고 계실 겁니다."

"…………."

입이 썼다.

온갖 책모가 난무하는 혈투. 누가 무슨 짓을 꾸미는지 항상 의심하고, 자기 속마음을 숨긴다. 이 갑갑한 분위기에는 도저히 적응하지 못할 것 같았다.

이미 콘클라베는 시작됐다.

"린. 목욕하러 가자. 좀 느긋하게——."

앨리스가 그런 말을 꺼냈을 때 밑에서 통신기가 울리기 시작했다.

긴급 통신이었다.

========

밤하늘의 색이 한층 깊어지고, 짙어지고, 강해졌다.

서늘했다.

낮에는 따뜻하게 데워졌던 공기는 해가 저물자 서서히 열기를 잃고 식어갔다.

"일리티아. 밤이 무섭다고 생각해본 적은 있나요?"

"아뇨. 어마마마는 그리 생각하십니까?"

"조금은 그런 생각도 듭니다. 이 나이가 되니, 밤의 추위가 무서워지기 시작하네요."

네뷸리스 왕궁.

이 여왕의 방에는 공기 조절 장치가 없었다. 100년 전부터 쭉 그랬다. 그 전통에 의문을 느꼈는데, 밀라베어 여왕은 이제야 겨우 그 이유를 이해하게 되었다.

──추위가 느껴질 정도로 육체가 쇠퇴했을 때.

그것이 여왕 교체 시기임을 이 여왕의 방이 가르쳐주는 것이다.

"내 마음대로 되진 않네요. 이래 봬도 나이에 비해 외모도 젊어보이는 편이고, 은근히 체력 유지에도 신경 썼다고 생각했는데."

"어마마마."

에메랄드빛 머리카락을 지닌 왕녀가 부드러운 표정으로 말했다.

"그런 슬픈 말씀은 하지 말아주세요. 계속 현역으로 있으셔야죠. 안 그러면 곤란해요."

"아뇨, 일리티아. 슬픈 것은 나의 육체적인 쇠퇴가 아닙니다."

"그럼 뭔가요?"

"내 소중한 딸들이 서로 싸우고 있다는 것. 그것이 슬픕니다."

그 순간 공기가 얼어붙었다.

밤의 냉기보다 훨씬 더 긴장된 얼음의 숨결로 인해.

"일리티아. 시스벨을 루 가문의 별장으로 데려간 이유가 뭡니까."

"…………."

"현재 나는 범인 둘을 찾고 있습니다. 하나는 8일 전 여기서 발생한 쿠데타의 범인. 또 하나는 알사미라로 간 시스벨의 행선지를 조아 가문에 알려준 범인. 시스벨이 돌아오면 그 진범들을 쉽게 찾아낼 수 있을 테지요."

그것을 방해했다.

시스벨이 돌아오면 안 되는 이유가 있었다. 그렇게 해석하는 것이 자연스러울 것이다.

"쿠데타. 그때 여왕의 방을 폭발시킨 범인은 틀림없이 조아 가문이나 히드라 가문 중 하나일 겁니다. 문제는 공범자입니다. 내가 그 문에 다가갔을 때 정확히 폭발이 발생했죠. 즉, 여왕의 방 내부에 있는 누군가가 지시했을 가능성이 높습니다."

그럼 무슨 수로 폭발을 지시했는가.

그게 바로 그 음성이었다.

"잘 가라. 루 가문 사람들."

그것은 쿠데타를 알리는 포고가 아니었다.

여왕 네뷸리스 8세가 문에 접근한 타이밍을 문밖에 알리는 신호였던 것이다.

"일리티아. 당신의 성령을 이용하면 그렇게 할 수 있습니다."

"…………."

"당신은 가면 경의 음성을 흉내 낼 수 있습니다. 똑똑한 수법이에요. 그 한마디로 폭발 타이밍을 당당하게 알릴 수 있고, 또 그 책임을 조아 가문에 떠넘길 수 있으니까요."

"잠깐만요, 어마마마!"

제1왕녀가 큰 소리로 외쳤다.

봇물 터진 것처럼 필사적으로 목구멍에서 소리를 토해냈다.

"저는 그런, 그런 무서운 짓을 꾸민 적이 없습니다. 애초에 그 때 어마마마께서 지켜주시지 않았더라면 저도 그 폭풍에 휩쓸려 타 죽었을 겁니다!"

"…………."

"생각을 해보세요. 그때 어마마마를 노린 폭발이 성공했다면 저도 희생자가 됐을 겁니다. 이렇게 어마마마께서 무사하셔도 결

국 의심을 받을 테고요. 어쨌든 결과적으로는 저는 손해만 보지
않습니까?!"

"……그건 그렇지요."

여왕이 탄식했다.

"미안해요. 일리티아. 나도 당신이 범인이 아닐 거라고 믿고 싶
습니다. 그러나 당신이 현재 용의자 중 하나인 것은 틀림없는 사
실입니다."

"근신 처분을 내리시면 받아들이겠습니다. 앨리스와 시스벨이
돌아올 때까지 저는 제 방에서 한 발짝도 나가지 않겠습니다."

"그래요. 그 시스벨 말인데."

"어마마마, **이제는 왕궁으로 돌아와도 된다고 전해주세요.**"

장녀가 생긋 웃었다.

그리고 고개를 돌려 등 뒤에 있는 시계탑을 쳐다보고 시간을 확
인했다.

"――시간은 정확히 지켰네요."

"네?"

딸의 혼잣말을 이해할 시간 따윈 없었다.

――마녀의 낙원이 흔들렸다.

쿵! 하는 충격이 밤을 꿰뚫었다.

"앗?!"

네뷸리스 왕궁의 지반이 근본적으로 뒤집히는 듯한 땅울림. 밀라베어 여왕은 심하게 휘청거렸다.

"이게…… 무슨……."

지진? 아니다.

화염에 휩싸인 전장을 내달렸던 한 명의 성령술사로서 밀라베어 루 네뷸리스 8세는 기억하고 있었다. 이것은 제국의 포격이었다.

이곳은 네뷸리스 황청 중앙주.

과거에 한 번도 제국군의 침입을 허락하지 않았던 성역이다. 그런데 어째서——.

"설마…… 그럴 리가!"

여왕의 방 계단을 통해 2층으로 향했다.

이제 막 수리된 창문으로 바깥을 내려다봤다. 눈에 비치는 새빨간 풍경. 여왕은 이번에야말로 할 말을 잃었다.

왕궁이 불타고 있었다.

수억 개나 되는 불티가 허공을 날았다. 밤의 안뜰이 화염에 휩싸여 있었다.

왕궁 바깥에 펼쳐진 시가지는 평화로웠다.

오직 이 별의 요새만이 제국군의 집중포화에 의해 불타고 있었다.

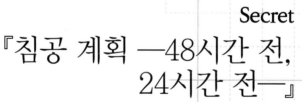

Secret

『침공 계획 —48시간 전,
24시간 전—』

the War ends the world /
raises the world

2일 전──.

제907부대가 루 가문의 별장에 초대된 그날 새벽.

"제국군이 황청 국경을 넘었다고 합니다. 사도성이 통솔하는 정예군이라고 하네요."

"좋아. 이제 침공만 기다리면 되겠군. 우리 히드라 가문은 순순히 근신 처분을 받아들여서 탑에 머물도록 할게."

아침놀에 물든 테라스에 모인 미남과 미녀.

히드라 가문의 거성, 태양의 탑에서.

"여왕이 사라지는 이유는 무조건 제국군 탓이어야 하니까."

강인해 보이는 중년 남성이 느긋하게 의자에 앉아 있었다.

히드라 가문의 당주인 『파도』 탈리스만.

격식 있는 순백색 양복은 주름 하나 없이 빳빳했다. 뚜렷한 이목구비와 잘생긴 얼굴. 탁한 은빛 머리카락을 깨끗이 정돈한 그 외모는 나이 마흔이 되어 더더욱 빛나고 있었다.

"문제는 자네 동생인데. 특히 앨리스 군이 문제야."

"네. 전투력으로만 따지면 루 가문에서 제일가는 존재니까요.

언니로서 자랑스러움을 느낄 정도죠."

맞은편에 앉아 있는 제1왕녀 일리티아.

다리를 꼬는 그 몸짓조차 완벽하게 계산된 것처럼 요염했다.

"앨리스가 여왕님을 지키는 일에 집중하면, 제국군도 섣불리 건드리지 못할 거예요. 본디 네뷸리스 왕궁은 제국군이 쳐들어오기 쉽지 않은 지형이니까요."

"그럼 어떻게 해서든 여왕과 앨리스 군을 떼어놓아야겠군?"

"네. 그래서 말인데요."

일리티아가 몸을 앞으로 내밀었다.

상체를 숙였다. 대담한 드레스 가슴팍의 깊은 가슴골을 일부러 보여주려는 것처럼.

"제가 바캉스를 가볼까 합니다. 루 가문의 별장으로."

"목적은 뭔가?"

"탈리스만 경. 당신은 앨리스가 방해된다고 말씀하셨죠. 그런데 그 전에 시스벨부터 배제할 필요가 있습니다. 시스벨이 왕궁으로 돌아오면 히드라 가문은 그 순간 끝나버립니다. 여왕의 방 폭발 사건의 전모가 드러나서 히드라 가문은 추방될 테죠."

네뷸리스 8세의 정권은 반석에 오를 것이다.

그러면 왕가의 혼란을 틈탄 제국군의 침공도 실패할 게 뻔했다.

"제가 시스벨을 붙잡아 루 가문의 별장으로 데려갈게요. 즉, 시스벨이 성에 돌아오는 것을 방해하는 거죠. 그럼 틀림없이 재미있는 일이 일어날 거예요."

"…………."

턱을 손으로 쓸면서 묵고하는 히드라 가문의 당주.

침묵은 겨우 몇 초였다. 총명하다고 잘 알려진 이 남자는 순식간에 일리티아의 목적을 간파했다.

"옳거니, 그러면 제멋대로 구는 장녀를 데려오려고 앨리스 군이 출동할 테지. 여왕의 곁을 떠나 별장으로 갈 거야. 그렇지?"

"네. 역시 완벽하게 이해하셨군요. 그러면 성에는 네뷸리스 8세만 남게 됩니다."

앨리스리제라는 최강의 전력을 치워버릴 수 있다.

시스벨을 꼼짝 못 하게 만들고, 더 나아가 앨리스리제라는 장기말도 여왕 곁에서 떼어놓는다.

"앨리스 군과 시스벨 군을 둘 다 별장에 데려다놓고, 그 틈에 제국군이 여왕을 공격한다. 좋아, 일석이조인 명안이로군."

"어머, 아녜요. 탈리스만 경."

일리티아가 웃었다.

더없이 아름답고 우아하게.

"일석사조랍니다."

"일석사조?"

"네. 금방 알게 되실 거예요. 단 하나의 행동. 『제3왕녀를 루 가문의 별장에 가둬둔다』──단지 그것만으로도 현 여왕의 정권은 붕괴될 겁니다."

"그러면 즉시 콘클라베가 개최될 테지. 조아는 대항마를 내놓을 테지만, 루는 어떨까? 일리티아 군, 자네가 나설 텐가?"

"아뇨."

루 가문의 세 자매 중 장녀는 시원스럽게 고개를 흔들었다.

"저는 이 나라 자체에 질려버렸어요. 이것을 부술 수만 있다면, 뒷일은 어찌 되든 상관없습니다. 탈리스만 경께서 원하는 대로 하세요."

"그렇게 말해주니 정말 고맙군. 최소한 별의 탑까지 배웅이라도 해드려야겠어——오르네이크 대장, 이리 나와 봐."

히드라 가문의 당주가 손가락을 딱! 튕겼다.

그 소리의 여운이 아침놀 속으로 녹아들듯 사라져가는 가운데, 일리티아 앞에는 어느새 양복 입은 남자가 무릎 꿇고 앉아 있었다.

"일리티아 왕녀님. 처음 뵙겠습니다."

"당신은 누구시죠?"

돌연 나타난 남자. 일리티아가 어리둥절한 얼굴로 고개를 갸웃거리며 물었다.

왕궁 수호성으로 알려진 왕족 호위병은 아니었다. 그렇다고 근위병도 아닐 것이다. 근위병은 이런 양복은 입지 않는다.

"우리 히드라 가문이 독자적으로 고용한 첩보대의 대장이야. 호위병으로서의 실력은 일급이고, 자객으로서는 초일류지."

"아하, 그렇군요. 왕궁 수호성으로 추천하기는 아까운 인재네요."

왕궁 수호성은 호위병으로서는 최상위다.

제국군의 사도성과 같은 존재. 그러나 왕궁 수호성으로 등록하면 이름이 널리 알려지게 된다. 그런 인재를 일부러 비밀스런 장기말로 숨겨 가지고 있는 것이다.

"우리의 대화도 당연히 듣고 있었겠네요."

"걱정할 필요 없어. 그는 히드라 가문 전속이다. 절대로 비밀을 누설하지 않아. 그를 억지로 구속할 수 있는 사람도 없고. 그만큼 유능한 인재야."

양복 입은 호위병이 일어났다.

첩보대 소속답게 그 행동은 놀랍도록 우아하고 민첩했다.

"오르네이크 첩보대장. 이 왕녀님을 정중히 에스코트해드려."

"후후, 영광이네요. ……탈리스만 경. 저는 이제 예정대로 바캉스를 다녀오겠습니다."

"그래. 그다음에는 제국군을 기다리면 되겠군."

네뷸리스 여왕 포획 계획.

중앙주를 침공한 제국군이 여왕을 붙잡아 가고, 이 나라를 혼란에 빠뜨린 루 가문의 신뢰는 땅에 떨어지고, 새로운 여왕이 탄생할 것이다.

3대 전——.

무려 반세기에 걸쳐 진행되어온 히드라 가문의 계획이 드디어 성공하는 것이다.

그다음 날——.

제국군이 실제로 네뷸리스 왕궁을 침공하기 전날 밤.

히드라 가문의 첩보대장 오르네이크는 밀명을 받았다.

일리티아가 별장에서 왕궁으로 귀환한 날. 그 대신 별장에 가서 잠복하면서 제3왕녀를 감시하게 되었다.

히드라 가문의 당주 탈리스만이 초일류라고 평가한 자객. 그 남자가.

"————————시시하군."

철저히 짓밟혔다.

정원에 쓰러진 채 누군가의 발에 머리가 밟히는 굴욕을 당하고 있었다.

"여왕을 암살하려는 쿠데타. 아마 시조의 말예 중 누군가라고 생각했는데, 이제야 알겠다. 그건 제국군을 끌어들이기 위한 포석이었군."

"…………서…… 설마…… 대체, 왜 여기에……?! 설마, 네가 밀라베어의——."

"거슬린다."

걷어찼다.

후두부에 가차 없이 꽂힌 일격. 히드라 가문의 자객은 그대로 기절했다.

"여왕의 이름을 함부로 부를 수 있는 사람은 오직 나뿐이다. 그것은 여왕에 대한 불경이 아니야. 바로 나에 대한 불경이다. 잘 기억해둬."

은은한 달빛——.

마치 밤하늘이 내리는 축복을 받는 것처럼, 백발 미장부는 달빛을 받으면서 여유롭게 서 있었다.

초월의 마인 샐린저.

30년 전, 네뷸리스 왕궁에 침입해 선대 여왕을 공격했던 대역죄인. 실제 나이는 쉰이 넘었을 테지만, 완벽하게 단련된 그 육체와 미모는 20대 초반부터는 쇠퇴하지도 않고 오히려 점점 더 멋지게 완성되어 갔다.

"시조의 말예. 히드라의 피……."

다시 한번 자객의 머리를 걷어찼다.

방금 히드라 가문의 정예를 쓰러뜨렸음에도 불구하고 몸에 상처가 나기는커녕 코트에 먼지 하나 묻지 않았다.

"흥. 누가 그랬나 했더니, 역시 히드라의 말예였군."

차갑게 내뱉었다.

이 히드라의 수하로부터 원하는 정보는 얻었다. 그의 예상이 적중했다.

"전부 다 30년 전 그때와 똑같아……."

뒤를 돌아봤다.

루-에르츠 궁전의 모습이 상야등 불빛을 받아 희미하게 드러나 있었다.

"…………."

원하지 않아도 저절로 떠오르는 「그녀」와의 추억.

서로 대치했던 그날. 그때도 이렇게 고요한 밤이었다.

"정말 끈질기군요. 이 별장까지 나를 쫓아온 겁니까? 샐린저."

"너를 쫓아온 게 아니다. 내가 원하는 것은 너의 성령이야. **밀라.**"

"또 결투하자고요? 미안하지만 거절하겠습니다."

"……뭐라고?"

"이 별장은 저의 소중한 휴식처입니다. 이곳을 더럽힐 수는 없어요. 결투는 다음에 언제든지, 몇 번이든지 해드릴게요."

30년하고도 몇 달 전에 있었던 일이다.

이 저택에서 샐린저와 대치한 소녀 밀라베어는 아름다웠다.

그리고 강했다.

성령 자체가 강하다기보다는 순수한 인간으로서 놀라울 정도로 강했다. 열세 살이었던 시점에서 사상 최강의 여왕 후보였을지도 모른다.

샐린저가 살면서 딱 한 번 「도전자」였던 시대──.

"……쳇."

"역시 당신은 평범한 야만인과는 달리 결백한 성격이군요. 그렇게 물러나주시다니."

"나를 우롱하려는 거냐?"

"칭찬하는 겁니다. 당신의 그런 점이 싫지 않아요."

"…………."

"다음에 다시 봅시다. 일시와 장소는 어떻게 할까요? 좋은 날을 잡으면 좋겠는데요."

"……웃기는군. 일부러 결투 날짜를 정하자고?"

"네. 결혼과 결투는 유사한 거라고 어느 예술가가 말했습니다. 가장 좋은 날을 정하고 싶어요. 서로 아쉬움이 남지 않도록."

"흥. 너와 나의 결투, 혹은 사랑 이야기……라는 거냐?"

"좀 더 시적으로 표현해주세요. 『너와 나의 최후의 결투, 혹은 세계가 사랑하는 성전』──이렇게 멋지게 표현하지 않으면 좀 섭섭하잖아요?"

목숨을 건 결투였을 것이다.

샐린저는 소녀 밀라의 성령을 빼앗기 위해 덤볐고, 밀라는 그를 격퇴했다. 그저 그런 행위를 되풀이했다.

그런데 언제부터였을까.

싸우는 순간을 미치도록 사랑하게 되었고, 이 관계가 언제까지나 지속될 거라는 예감이 샐린저의 마음속에 싹트게 되었다.

그러나──.

30년 전 『여왕 7세 암살 계획』에 의해 모든 것이 뒤틀리고 말았다.

"그때는 나. 그리고 이번에는 제국군을 방패로 삼아 여왕의 목

숨을 노리는 건가. 우습구나. 히드라여. 태양을 상징으로 삼는 말
예가 이토록 어두운 그늘에만 숨어서 왕좌를 넘보다니."

아무도 모를 것이다.

이 제국군의 침공 자체가 히드라 가문에 의해 계획되었다는 진
실을.

"샐린저, 도대체 이유가 뭡니까! 대답하세요!"

"…………."

"왜 이런 만행을? 왜 내가 아닌 여왕님을 공격한 겁니까……?
당신은, 이런 짓을 하는 남자가 아닐 거라고 믿었는데"

30년 전도 마찬가지였다.

최악의 마인 샐린저는 당대 여왕의 성령을 빼앗으려고 왕궁에
침입했다. 그런 일화가 남겨져 있었다.

실제로 그 사건을 목격한 소녀 밀라도 그렇다고 믿어 의심치 않
았다.

——진실을 말할 마음은 없었다.

이미 우리의 길은 갈라졌다.

그 순간 잃어버린 두 사람의 『꿈(성전)』은 두 번 다시 되돌리지
못할 테니까.

"밀라…… 아니, 밀라베어 여왕."

저택을 등졌다.

이곳은 밀라가 사랑하던 장소였다. 밀라와 갈라선 자신에게는 어울리지 않는 곳이었다.

"네가 이 나라의 여왕이다. 네가 스스로 목숨을 걸고, 네가 사랑하는 이상을 끝까지 지켜내라. 나는 간섭하지 않겠다."

백발 미장부가 발길을 돌렸다.

최악의 마인 샐린저가 바라보는 곳에는 네뷸리스 왕궁이 있었다.

그리고 24시간 후——.

마인이 바라봤던 별의 요새는 제국군의 침공에 의해 불길에 휩싸였다.

Chapter.5
『낙원 붕괴의 서막』

the War ends the world /
raises the world

1

"앨리스, 잘 들으세요──."

통신기를 붙잡은 손이 덜덜 떨렸다.

한 번도 느껴본 적 없는 긴장감 때문에 숨이 막혔다. 전신 거울에 비친 자기 얼굴은 핏기를 잃고 창백하게 질려 있었다.

"제국군? ……왕궁이 공격당하고 있다고요……?"

『그럴 가능성이 있습니다. 너무 갑작스러운 일이라 나도 사태를 파악하지 못했습니다. 다만 왕궁이 포격을 당하고 있는 것은 확실합니다.』

통화 상대는 여왕이었다.

여왕은 여왕의 방에서 바깥을 내려다보면서 가장 먼저 앨리스에게 연락했다.

……불의의 사태가 일어났을 때 여왕은 제일 먼저 부하를 소집하는 것이 통례다.

……다른 무엇보다도 정보 수집이 최우선이므로.

그런데 여왕은 그 절차를 무시하고 앨리스에게 연락했다.

이유는 명백했다.

제국군에 대항할 비장의 카드로서, 제국군이 가장 두려워하는 「빙화의 마녀」 앨리스리제의 힘이 필요하기 때문이다.

"린! 당장 차를 준비해!"

"네."

시종이 방에서 총알같이 뛰쳐나갔다.

『적의 규모는 알 수 없습니다. 저들이 제국군이라면, 어떻게 국경을 넘어 들어왔는지 짐작도 안 갑니다. 그러나 그 의문은 나중에 풀도록 하죠.』

"여왕 폐하!"

앨리스는 통신기를 향해 절박하게 외쳤다.

"제가 두 시간 이내에 도착할 겁니다. 그때까지 부디 무사히 계셔주세요!"

『네. 처음부터 그럴 생각이었습니다.』

뚝. 소리를 내며 통신이 끊겼다.

통화 시간은 2분도 안 됐을 것이다. 앨리스가 여왕에게 전달받은 정보도 다 단편적인 것이었다. 아직은 사태를 파악할 수 없었다.

"……하필 이런 때에!"

밤바람에 차가워졌던 몸이 열기를 띠었다. 온몸의 피가 끓어오른 것처럼.

어쩜 이렇게 타이밍이 나쁠까.

앨리스가 왕궁을 떠나 별장에 온 것은 엊그제였다. 겨우 이틀 왕궁을 비웠을 뿐인데, 하필 그때 제국군이 습격해 오다니.

……제국군이 내가 없다는 사실을 알고 있었나?

……아닐 거야. 나의 동향을 알고 있는 사람은 루 가문 관계자들밖에 없는걸.

우연이라고 생각하자.

지금 음모론에 사로잡히면 집중력이 떨어질 것이다. 내가 해야 할 일은 명확하다. 1초라도 빨리 왕궁으로 돌아가 적을 물리쳐야 한다.

"어마마마, 기다리세요!"

통신기를 꽉 움켜쥐고 복도로 나갔다.

서관 3층. 거기서 계단을 뛰어 내려가 현관으로 향했다. 마지막 모퉁이를 돌 때까지도 앨리스는 맞은편에서 오는 사람의 존재를 눈치채지 못했다.

흑갈색 머리카락을 지닌 소년.

"앗!"

"이스카?!"

전속력으로 뛰어온 앨리스는 멈출 수 없었다. 이스카가 물러나지 않았으면 그들은 홀 앞 복도에서 정면충돌을 했을 것이다.

복도에서 스쳐 지나가면서. 앨리스는 반사적으로 이스카를 돌아봤다.

설마.

"앨리스? 무슨 일이야? 복도에서 왜 그렇게 뛰어다녀?"

순진한 얼굴로 이쪽을 보는 제국 병사.

앨리스는 그를 똑바로 마주 봤다. 제국군의 침공. 그리고 이스카를 비롯한 제국 부대가 이 황청에 들어와 있다는 사실. 그 일치.

서로 무관할 리 없었다. 이건 우연의 일치라고 생각하기 어려웠다.

……설마. 너야? 네 동료의 소행이야?

……제국군을 잠복시킨 거야?

얼굴이 저절로 굳어졌다.

눈앞에 있는 이스카도 그걸 눈치챈 듯했다.

"……앨리스. 왜 그래?"

"난 지금 당장 왕궁으로 갈 거야."

필사적으로 목에 힘을 줘서, 떨리는 목소리를 간신히 진정시켰다.

"하나만 약속해줘. **나는 네가 이번 일과 무관하다고 믿고 싶어.** 그러니까, 결백함을 증명하고 싶다면 이 저택에서 기다려줘. 여기서 한 발짝도 나가지 말아줘."

"그, 그게 무슨 말——."

"절대로 밖에 나오지 마. 제국군에 협력하기만 해봐, 가만 안 둘 거야!"

"제국군? 앨리스, 그게 무슨 뜻이야? 대체 무슨 일이 생긴 건데?!"

"————."

그가 손을 뻗었다.

손끝이 닿기 직전에 앨리스는 몸을 돌려 그 손을 피했다. 돌아서서 입술을 꼭 깨물었다.

시간이 없다. 지금 여기서 이스카를 힐문할 여유 따윈 없었다.

……아냐. 앨리스. 사실 넌 알고 있잖아?

……이번 일은 이스카와 무관해. 그가 소속된 부대도 마찬가지야.

그건 한눈에 알았다.

아무것도 모르는 얼굴. 시치미 떼는 얼굴이 아니었다. 이스카라는 제국 검사는 요령 없는 인간이었다. 거짓말을 못하는 사람이란 것은 알고 있었다.

그러니까 지금 나는 서둘러 왕궁으로 가야 한다.

멍하니 서 있는 이스카. 앨리스는 그를 남겨두고 도망치듯이 정면 계단을 뛰어 내려갔다.

어둑어둑한 정원으로 나왔다.

"앨리스 님, 여기예요!"

린이 차를 세우고 손짓했다.

린은 운전석에 앉아 있었다. 앨리스는 텅 빈 뒷좌석으로 뛰어들었다.

"왕궁으로 가는 길에 제국군이 우리를 방해할 것으로 예상됩니다. 다소 운전이 거칠어질지도 모릅니다. 양해해주세요."

"내 옷은?"

"트렁크에 있습니다. 따로 옷 갈아입을 시간은 없습니다. 가면서 입으셔야 해요."

전장에서 입는 하얀 드레스.

제2왕녀 앨리스리제의 체형에 맞춰 특수 제작한 옷. 어두운 밤에도 성령 부대가 알아볼 수 있도록 발광 섬유를 섞어 만든 것이었다.

"린, 전속력으로 달려. 두 시간 이내에 도착해야 해."

"알겠습니다!"

왕족 전용차가 출발했다.

앨리스는 방탄유리 너머의 어둠을 바라보다가 잠시 눈을 감았다.

━━━━━━

루–에르츠 궁전의 계단 앞 홀.

"앨리스? 왜 그래. 무슨 일이 생긴 건데? 제국군이라니······!"

금발 머리 마녀는 대답하지 않았다.

아니, 한순간 무슨 말을 하려고 입을 열기는 했다. 그러나 그 말을 삼키고, 눈 깜짝할 사이에 밖으로 뛰쳐나가버렸다.

······아무리 봐도 상태가 이상했었다.

······그 표정은 단순한 분노나 슬픔 같은 것이 아니었다.

그리고 앨리스가 입에 올린 「제국군」이라는 단어.

"이스카, 무슨 일이에요? 이 밤중에 큰 소리를 내면 복도에 다 울리잖아요."

복도를 지나 이쪽으로 오는 제3왕녀.

목욕하러 나왔나 보다. 갈아입을 옷이 담긴 가방을 들고 있었다.

"아, 그래. 시스벨."

"꺅?! 이, 이스카, 왜 그래요……? 아, 설마……. 드디어 저의 부하가 되기로 결심해주신 건가요?"

"부탁하고 싶은 것이 있어. 앨리스의 방으로 같이 가자."

"어, 네?"

이스카에게 어깨를 붙잡힌 소녀가 어리둥절하여 눈을 깜빡거렸다.

"언니가 불렀나요?"

"……아마 몇 분 전에. 앨리스의 방에서 무슨 일이 있었을 거야. 그걸 재현해줘."

2

네뷸리스 황청에 우뚝 선 『별의 요새』.

100년 전 독립했을 때 무수한 성령들이 결정화되어 생겨난 이 성은 보통 사람들이 상상하는 성과는 전혀 다른 유기적인 존재였다.

비유하자면 「지상의 산호」였다.

새파란 바닷속에 생성된 산호초와 같이.

칠흑의 하늘을 배경으로 솟아오른 별의 요새는 산호초처럼 선명한 무지갯빛으로 빛나면서 지상에 우뚝 서 있었다.

"우와~ 이거 튼튼하네. 덤으로 밝기까지 해서 조명도 필요 없겠어."

네뷸리스 왕궁 외곽.

제국군의 기관총 일제사격으로는 흠집 하나 내지 못했다. 약간 긁힌 부분도 성령의 힘에 의해 순식간에 수복되었다.

그런 별의 요새를 쳐다보는 인물이 있었다. 짐승같이 야성미 넘치는 여군이었다.

"네임리스야~?"

여전히 정면만 보면서 말을 걸었다. 아무도 없는 자신의 등 뒤를 향해.

사도성 제3위 『쏟아지는 폭풍우』 메이.

이 여군의 초인적인 오감은, 그곳에 보이지 않는 존재가 소리 없이 서 있다는 사실을 포착한 것이었다.

"배치 도착이 늦었어. 65초나 지각했잖아? 너답지 않은 짓을 했네?"

『그 정도는 오차 범위 이내다.』

박력 있는 중저음이 메이의 옆에서 들려왔다.

성령 부대는 아무도 눈치채지 못할 것이다. 온몸을 광학 위장복으로 감싼 사도싱 네임리스가 서 있다는 사실을.

『정원을 포함한 넓이는 약 50만 제곱미터. 목표 지점을 열일곱 군데 정도 추출해서 동시 포격. 단, 국경을 넘을 때 반입이 가능한 무기는 제한되어 있었어.』

"그건 처음부터 알고 있었던 거잖아. 지각한 이유가 되지는 못해."

『내연성 때문이다.』

"내연성? 잘 안 탔어?"

『**이 요새는 살아 있다.** 가솔린을 뿌리고 불을 붙여봤자 거의 타지도 않아.』

네뷸리스 왕궁은 미세한 성령들이 사는 곳이다.

이 성령들이 불기운을 느끼면 저절로 불을 끄기 위해 모여들었다.

그러나——.

사도성 두 명의 등 뒤에서는 화산이 폭발하는 것처럼 엄청난 불꽃이 흩날리고 있었다.

네임리스가 언급한 열일곱 군데. 제국의 자객 부대가 몇 시간 전부터 잠복해 있다가 그 모든 곳에 일제포격을 가한 것이다.

『그래서 급히 소이탄을 사용했다. 그 결과 65초만큼 늦어진 것이다.』

"어~ 그래, 알았어. 그런데 그 소이탄은 본성을 공격할 때 사용하려던 비장의 카드 아니었어? 여왕이 있는 성 말이야."

『그랬나?』

냉랭한 대답.

무책임한 이야기 같았지만, 이 뜻밖의 사고는 그들의 계획에 조금도 지장을 주지 않을 것이다. 제국군은 이 요새를 처음 봤으니까 뜻밖의 일이 생기는 것도 당연했다.

이런 사고를 무력으로 해결하기 위해 사도성이 존재하는 것이다.

"어? 그런데 요하임은 어디 있어?"

"한발 먼저 갔어요. 그 여왕이 있는 본성으로."

새빨갛게 타오르는 공간을 가로질러 또 한 명의 여자 사도성이 다가왔다.

사도성 제5위 리샤.

"기구 Ⅵ사 정예군을 데리고 가서 우선 적의 방어를 무너뜨리겠다고 하더군요."

"아~ 오케이, 괜찮아. 어차피 내가 곧 추월할 테니까."

소매를 잘라낸 전투복을 입은 메이가 날카로운 덧니를 드러내면서 가볍게 웃었다.

"리샤야, 너도 경쟁해볼래? 누가 먼저 여왕을 붙잡을지."

"아뇨, 안 할래요."

"그래? 네임리스야, 너는?"

『마음대로 해라. 그렇게 여유 부릴 수 있는 동안에는.』

총이 필요 없는 사일런트 킬링의 달인이 똑같이 코웃음을 치며 대꾸했다.

『이 왕궁에 있는 놈들은 하나같이 엄청난 괴물이다. 정신 똑바로 차리지 않으면 오히려 역습을 당할 거야. 특히 네놈의 육체는 기밀덩어리다. **실수하지 마.**』

"내가? 방심할 리 없잖아?"

밤의 어둠 속에서 메이의 동공이 서서히 빛나기 시작했다.

사나운 짐승처럼.

"이건 진짜 마녀사냥이야. 시조의 말예란 놈들이 얼마나 대단한 괴물인지, 어디 한번 구경해보자."

유사 이래 최초로――.

별의 요새 「네뷸리스 왕궁」은 제국군의 침공을 당했다.

3

루–에르츠 궁전.

차녀 앨리스리제의 방은 잠겨 있지 않았다. 앨리스가 문을 잠그는 몇 초조차 아까워서 그냥 뛰쳐나간 모양이다.

그 방에서.

침착한 여왕의 음성과 앨리스의 음성이 『재현』되고 있었다.

겨우 몇 분 전의 과거――.

"앨리스, 잘 들으세요."

"왕궁이 누군가에게 포격을 당해 불타고 있습니다."

"제국군의 포격과 매우 비슷합니다. 십중팔구 제국군의 소행일 겁니다."

영상은 거기서 끝났다.

자동으로 끊긴 것이 아니었다. 성령술사 소녀가 심한 충격을 받아 집중력을 잃었기 때문에 성령술 자체가 중단된 것이었다.

"⋯⋯⋯⋯제국⋯⋯군이라고⋯⋯?"

제3왕녀 시스벨의 갈라진 목소리.

자기 체중을 지탱할 힘조차 잃어버리고 그 자리에 풀썩 주저앉았다.

"그럴, 수가⋯⋯."

"자, 잠깐만, 그게 무슨 소리야?! 말도 안 돼!"

미스미스 대장이 참지 못하고 소리쳤다.

"우리는 아무것도 몰라. 지, 진짜야, 알지?! 시스벨 씨, 애초에 당신과 우리는 알사미라에서 만났잖아?"

"⋯⋯여러분의 잘못이라고 말한 적은 없습니다. 미스미스 대장님."

융단 위에 주저앉은 소녀가 힘없이 고개를 들었다.

"당신들의 행동은 제가 늘 감시하고 있었습니다. 당신들은 알사미라에 있을 때부터 제국 사령부와는 전혀 연락하지 않았습니다. 당신들이 장기 휴가 중이라는 것도 저는 의심하지 않습니다."

"그, 그럼⋯⋯."

"일리티아 언니가 했던 말을 떠올려보세요."

"실은 제가 제국군과도 사이좋게 지내던 시기가 있었답니다."
"이 저택에서 얌전히 있으면 네 시종은 돌아올 거야."

그것은, 다시 말해——.

왕궁이 침공당하는 것을 모르는 척하라는 것이었다.

주요역에 도착한 제907부대를 머나먼 이 별장으로 데려온 이유는, 같은 제국 병사인 제907부대가 중앙주에 침입한 제국군의 얼굴을 알고 있을 가능성도 있었기 때문이다.

우연히 마주치기라도 하면 제국군이 침입했다는 사실이 들통 날 테니까.

"————일리티아 언니!!!"

제3왕녀의 비명이 공기를 찢으며 울려 퍼졌다.

"저는…… 저는, 언니의 마음을 이해할 수 없어요! 언니, 설마 모국을 배신할 셈인가요?! 도대체 왜————."

총성.

탕! 하는 소리가 외벽을 타고 안까지 들려왔다.

"어?"

시스벨이 울먹거리다 말고 창문 쪽을 돌아봤다. 전장에 나가본

적이 없는 왕녀는 그것이 총성이란 것도 금방 눈치채지 못했다.

"수그려."

"꺅?! ……무, 무슨 짓이에요?!"

진이 제3왕녀의 머리를 꽉 누르자, 왕녀가 저항했다.

"창문 가까이 가지 마. 고개 숙여. 안 그러면 벌집이 된다. 자세 낮추고 방밖으로 나가. 복도로 도망쳐."

"뭐, 뭐예요? 왜 그러는데요?!"

"총성에 섞인 전자음이 들렸어. 자동 소총 TH 76형…… 아니, 87형일 거야."

거실 벽에 딱 붙은 네네가 대답했다.

발코니 쪽을 쳐다보는 그 표정은 몹시 험악했다.

"저건 제국군의 총이야."

"네?!"

"이 저택도 공격당하고 있는 거야. 왕궁뿐만이 아니라."

"마, 말도 안 돼요! 이 저택에는 거의 비무장 상태인 고용인들밖에 없다고요. 민간인을 습격하다니, 제국군은 그 정도로 사악한 족속인가요?!"

"그만 떠들고 빨리 도망치라니까. 보스."

진이 시스벨의 등을 밀었다. 미스미스 대장이 시스벨의 손을 붙잡고 복도로 뛰어갔다.

그와 동시에.

──탁.

뭔가가 3층 발코니에 **착지**하는 소리가 났다.

"저놈이 뒤뜰에서 넘어왔어. 이스카."

"알았어!"

기세 좋게 흑의 성검을 뽑아 들었다.

거실에서 섬광이 번뜩였다. 칼날이 발코니를 가린 커튼을 갈랐다.

커튼이 바닥에 떨어졌다.

유리벽 너머. 밤의 어둠 속에 숨어서 발코니로 기어 올라온 제국군 정예병들의 모습이 드러났다.

……기구 Ⅲ사의 전투복.

……하필이면 우리 제907부대의 동료였다. 진짜 최악이구나!

싸울 수는 없었다.

"앗!"

비명을 지르는 시스벨. 총구가 그쪽을 향했다.

유리벽과 시스벨을 한꺼번에 쏘아버리려는 제국 병사의 행동. 그러나 그보다 먼저 이스카가 유리벽으로 돌진했다.

"이얍!"

두 번 베었다.

이스카의 검이 베어낸 것은 제국 부대의 눈앞에 있는 유리벽이었다. 그걸 깨끗이 자르지 않고, 일부러 칼의 옆면으로 때려서 유리를 산산이 부숴버렸다.

유리 탄막.

수백 개나 되는 유리 파편이 쏟아졌다. 발코니에 착지한 제국 병사들 세 명의 머리 위로.

"잠깐만, 우리도 제국군이다! 우리는 기구 Ⅲ사 제907부대이고, 독립국가 알사미라에 갔다가 포로가 되었다."

이스카는 야시경을 쓴 제국 병사들을 향해 필사적으로 소리를 질렀다.

제발 그만해.

그런 심정으로 팔을 앞으로 뻗었다.

"우리의 제국 주민 코드를 열거하겠다. 여기서 당장 확인을——."

"이스카, 비켜!"

은발 저격수가 그렇게 소리치지 않았더라면.

이스카가 아무리 민첩해도, 지근거리에서 날아온 총알을 피하진 못하고 온몸에 총구멍이 났을 것이다.

"이놈들은 제국 병사가 아니야!"

총구가 이스카를 노렸다.

동지여야 할 기구 Ⅲ사가, 같은 부대 소속인 이스카를 겨냥했다.

——두 번째 총성.

누군가가 비명을 지르며 쓰러졌다. 하나같이 어깨에 총을 맞은 세 명의 제국 병사들이었다. 진이 두 사람, 그 뒤에 있는 네네가 한 사람을 쏜 것이다. 그리고 물 흐르는 듯한 동작으로 총 맞아 쓰러진 세 명의 턱을 걷어차 기절시켰다. 고작 몇 초 만에.

"……이, 이제 다 끝난 거예요?"

시스벨은 부르르 경련하는 세 사람을 두려운 듯이 내려다보면서 겨우 안도의 한숨을 내쉬었다.

"……동료도 가차 없이 쓰러뜨리시네요."

"내 말 안 들었어? 이놈들은 제국 병사가 아니야. 겉보기만 그럴 뿐이지."

"뭐라고요?"

"자동 소총 TH 87형은 제국군 표준 장비지만, 총의 무게중심을 일부러 총구 쪽으로 쏠리게 만들어놨기 때문에 발사하려면 요령이 필요해. 전장에서 성령 부대에게 빼앗겼을 때 적이 쓰지 못하게 하려고 그렇게 설계한 거야."

"……총 하나도 그렇게까지 신경 써서 만들었어요?"

"그런데 이놈들은 그걸 몰랐어."

진은 바닥에 대자로 뻗어버린 병사의 몸통을 밟으면서 중얼거렸다.

제907부대 내에서도 가장 총에 정통한 사람이기 때문에 진이 가장 빨리 이상함을 눈치챘던 것이다.

"총을 든 자세만 봐도 알 수 있어. 이놈들은 제국의 총을 제대로 쏴본 적도 없어."

"그, 그럼 이 복장은 뭐죠……?!"

"잘 만든 모조품이거나. 전장에서 회수한 거겠지. 이 총도 마찬가지고. 이봐, 이스카."

"응."

야시경을 벗겨냈다.

머리를 짧게 깎은 중년 남자. 이스카는 그를 힐끗 보고, 진과 얼굴을 마주 봤다.

──본 적이 없었다.

기구 Ⅲ사에 소속된 군인은 많으니까 우리들도 전부 아는 것은 아니지만.

"이스카 오빠, 진 오빠!"

네네가 다른 한 명의 야시경을 벗겼다가 그의 뺨을 가리켰다.

문신처럼 뚜렷하게 새겨져 있는 성문.

"이제 확실해졌네. 이놈들은 제국 부대가 아니야. 고용주 씨. 당신네 나라의 성령 부대. 혹시 아는 녀석이야?"

"……아니요. 아마 성령 부대 소속도 아닐 겁니다."

"거짓말은 하면 안 돼. 알지?"

"거, 거짓말 아니에요! 저도 제 목숨을 노리는 악당들을 감싸줄 이유가 없잖아요? 왕궁에 이런 사람들은 없습니다. 단언할 수 있어요!"

왕녀도 모르는 자객.

루 가문에 소속된 놈들은 아닐 것이다. 그럼 그 외의 누군가가 범인일 텐데.

……아니. 뭔가 이상하다.

……제국군이 왕궁을 침공했다. 앨리스는 분명히 여왕에게서 그런 이야기를 들었다.

그러나 이곳은 아니다.

이곳에 온 제국군은 제국군으로 변장한 성령 부대였다.

"시스벨, 왕궁을 공격한 제국군도 이놈들처럼 가짜가 아닐까?"

"……왕궁을 공격한 놈들은 진짜일 겁니다."

쓰러진 세 명의 자객을 창백한 얼굴로 내려다보는 왕녀.

"네뷸리스의 여왕님이 『제국군이다』라고 추측했습니다. 여왕님은 젊은 시절에는 전장에서 직접 활약하셨으니, 겉모습만 제국군처럼 꾸민 가짜는 금방 알아보셨을 겁니다."

"그쪽에는 진짜 제국군이 왔고, 이쪽에는 가짜가 왔다고? 뭐가 뭔지 모르겠군."

그러나 해야 할 일은 명확했다.

이곳에 쳐들어온 놈들이 제국군이 아니라니 오히려 다행이었다.

"얘들아, 1층에서 총성이 들려!"

미스미스 대장이 복도를 살짝 엿보더니 소리를 질렀다.

"벌써 저택 안에 들어왔어!"

"차라리 잘됐군. 모조리 붙잡아서 흑막을 실토하게 만들자. ──이스카."

"응, 가자."

저격총을 멘 진과 함께 이스카는 복도로 뛰쳐나갔다.

울려 퍼지는 발소리. 점점 이쪽으로 다가온다. 그것이 모퉁이 바로 앞까지 접근했을 때, 이스카는 상대에게 몸을 날렸다.

"억?!"

"늦었어."

제국 병사로 변장한 남자가 어설프게 제국 총을 들어 올리기도 전에, 이스카가 그의 가슴팍을 발로 차서 쓰러뜨렸다.

곧바로 뒤에 있는 두 번째 인물을 공격했다.

"성령술은 왜 안 써?"

"————제기랄, 넌 뭐냐?!"

그 남자는 정체를 들켜서 동요하고, 제국 병사의 도발에 분노했다.

성령 부대원은 총을 던져버리고 양손을 앞으로 내밀었다.

……옳지, 그래. 이게 필요했어.

……네가 성령술사라는 사실을 스스로 폭로하는 장면.

시스벨의 성령술을 이용하면 이 전투를 처음부터 끝까지 재현할 수 있다. 이놈들이 제국 병사가 아니라는 증거가 될 것이다.

"그거면 충분해."

탄환이 이스카의 뺨을 스쳤다.

등 뒤에서 발생한 총성이 복도를 울렸다. 양팔에 총을 맞은 성령술사가 쓰러졌다. 후방 지원. 진과 네네가 발포한 것이었다.

"시스벨, 고용인들은?!"

"총성을 듣고 일어났을 겁니다. 그들의 방은 저택 안쪽에 있으니까요. 한동안 안전할 겁니다."

"그럼 지금 정면 현관까지 뚫고 나가자. 시스벨, 넌 뒤쪽에 서. 네네와 대장님은 맨 뒤에서 따라와 주세요!"

정면 현관에 면한 홀은 이 저택의 모든 통로와 연결되어 있었다. 이 요충지를 확보하면 적의 침입을 방해할 수 있을 것이다.

"발소리가 안 들려. 매복으로 작전을 변경한 건가?"

진이 복도를 달리면서 중얼거렸다.

"저놈들이 원거리에서 총을 겨누면 내가 쏠게. 중거리 성령술은 이스카, 네가 맡아."

"알았어."

복도 모퉁이에서 빛이 흘러나왔다.

정면 현관과 연결된 홀에는 소등 시간임에도 불구하고 불이 환하게 켜져 있었다. 틀림없이 거기에 누군가가 있을 것이다.

——누구든 상관없다. 모조리 쓰러뜨릴 것이다.

그렇게 마음먹고 바닥을 박차면서 정면 홀 2층으로 뛰쳐나갔다. 그 순간 눈앞에 펼쳐진 뜻밖의 광경. 이스카는 자기 눈을 의심했다.

"뭐야, 저 병사들은?!"

2층에서 내려다본 1층 홀.

샹들리에 빛이 쏟아지는 그 융단 위에는 자객들이 쓰러져 있었다. 총을 내던진 제국군 차림의 자객들이.

다 합쳐서 일곱 명. 다들 꼼짝도 못 하고 무력화된 상태였다.

그리고 유일하게 홀에 서 있는 사람은 하얀색 양복을 입은 중년 남성이었다.

"안녕? 시스벨 군. 위험했어. 그렇지?"

영화배우처럼 잘생긴 얼굴과 신사적인 온화한 분위기를 갖춘 근사한 남자였다.

"나는 히드라 가문의 당주 탈리스만이다. 여왕님께서 직접 도움을 요청하셔서 여기까지 달려왔어. 시스벨 군, 무사한가?"

"탈리스만 경?!"

"다치지 않았나? 여왕님께서도 걱정하셨어."

2층 층계참에서 시스벨이 소리를 질렀고.

탈리스만이라는 남자는 그런 왕녀를 쳐다보면서 상쾌한 미소를 지었다.

"아무튼 이제 안심해도 돼. 왕궁은 지금 큰 혼란에 빠졌지만, 자네는 내가 지켜줄 거야."

"……제국군 때문인가요?"

"맞아. 제국 부대가 왕궁을 공격했어. 그렇다면 그놈들의 목표는 당연히 여왕님과 측근들일 테지. 자네도 위험해질 가능성이 높다──고 판단해서, 여왕님이 나에게 부탁을 하신 거야."

"여왕님께서요?"

"그래. 자, 어서 가자. 여기 있는 자객들은 쓰러뜨렸지만 언제 추격자가 나타날지 몰라. 빨리 내 차에 타도록 해."

"!"

시스벨이 층계참에서 멈칫했다. 어깨가 흠칫 떨렸다.

쭈뼛쭈뼛 시선을 돌려 자신의 왼쪽 손목을 내려다봤다. 은발 저격수가 **"가지 마"**란 뜻을 담아 말없이 꽉 쥐고 있는 손목을.

"무슨 일이지? 이봐, 자네들은 시스벨 군의 호위병이 아닌가?"

"맞아. 이것도 호위 임무의 일환이다. 20초면 끝나. 당신에게 하고 싶은 이야기가 두 가지 있어."

호위 대상인 시스벨을 이스카 옆으로 후퇴시킨 다음에.

진이 층계참 최전선에 나섰다.

"히드라 가문의 당주라고? 그럼 제8주에서 비소와즈가 우리를 습격한 사건에 관해서 설명해줄 수 있겠나?"

"그건 이미 여왕님도 참석하신 이단 심문회에서 설명했어. 비소와즈가 왜 그런 짓을 저질렀는지 짐작도 가지 않고, 또 그녀가 변신했다는 목격담도 나로선 믿기 어려워."

"그래? 알았어. 그럼 하나만 더 말할게."

"좋아. 급하긴 하지만, 결백을 증명하기 위해서라면 어떤 질문에든 대답해줄게."

"————멍청한 놈."

진이 입꼬리를 끌어 올렸다.

계단 밑에 있는 남자에게 저격총 총구를 겨누면서.

"쿠데타의 진범은 두 명이다. 일리티아와, 제국군을 불러들인 네놈이야."

질문이 아니었다.

진은 선전포고를 했다. 시조의 말예인 마인에게.

"……네?! 자, 잠깐만요, 진, 도대체……."

"잠자코 듣기나 해."

진이 일갈하자, 시스벨은 입을 다물었다.

눈치챈 것이리라. 진은 지금 탈리스만이 아니라 시스벨에게 설명해주고 있는 것이었다.

"현재 왕궁을 습격한 것은 진짜 제국군이다. 그렇다면 왜 이 저택을 습격한 것은 제국군으로 변장한 성령술사일까? 똑같은 쿠데타여도 비소와즈는 그토록 당당하게 자기 모습을 드러냈는데, 왜 이번에는 제국군으로 변장을 했을까?"

"…………."

"답은 간단해. 지금 이 타이밍이라면 아무도 의심하지 않을 테니까. 제국병으로 변장한 너희들을 본 목격자는 의심하지도 않을 거야. 『제국 부대가 저택에 계신 시스벨 님을 납치했습니다』라고 증언할 테지."

그러면 어떻게 될까.

이 저택에 있었던 제907부대가 범인으로 몰릴 것이다. 아무도 히드라 가문의 소행이라고는 생각하지 않을 것이다.

"그런데 오히려 이것을 통해 확실히 밝혀졌어. 여왕을 노린 쿠데타의 진범은 곧 제국군을 이곳에 불러들인 진범이란 사실이. 더 나아가 이토록 집요하게 시스벨을 노리는 녀석은, 당연히 여왕 암살 계획의 범인일 수밖에 없어. 시스벨이 왕궁으로 돌아가면 범인이 누구인지 밝혀질 테니까."

"잠깐만. 그것은 심각한 오해야."

히드라 가문의 당주라는 남자는 한 발짝도 움직이지 않았다.

그 대신 침착하게 양손을 들어 올렸다. 「적의가 없다」는 뜻을 담은 제스처였다.

"해명할 방법은 얼마든지 있지만, 어쨌든 그건 꼭 우리만 할 수 있는 일은 아니잖아? 현 여왕의 정권에 반발하는 가장 큰 세력은 우리 일족이 아니야."

"조아에게 화살을 돌리는 건가? 아니, 그건 아냐. 가면 경인지 뭔지 하는 수상한 놈은 이 소동에 관여하지 않았어. 그놈은 완전히 『결백』해."

"그렇게 단언하는 이유가 뭔가?"

"우리가 알사미라에서 가면 경을 만났기 때문이다. 당신 태도를 보니, 가면 경이 무슨 말을 했는지는 모르나 보군."

"이유 따윈 중요하지 않아. 시스벨은 사기를 쳤어."

"제국 병사라는 이 게임판 바깥의 장기말을 끌어다 놓으려고 했지."

가면 경 온은 분노했었다.

네뷸리스 황청의 왕녀 시스벨이 제국 병사와 손잡았다. 그것에 대한 변명 따윈 일절 허락하지 않고, 무조건 죄라고 단정했다.

"조아 가문은 궁극의 과격파라고 하던데? 제국을 증오해서 반드시 멸망시키겠다고 이를 가는 놈들이잖아. 그러니 제국군을 끌어들이는 이번 작전을 세웠을 리 없어."

"하지만 그것은 자네의 상상에 불과하잖아? 조아 가문이 일부러 그런 척했던 거라면?"

"그건 아니야."

탈리스만의 반박. 진은 코웃음을 치며 가볍게 일축했다.

"가면 경이 제국군과 손잡았다면, 애초에 이번 일은 알사미라에서 끝났을 거야. 그놈이 제국군과 손잡은 상태였다면 우리를 그 자리에서 매수하고 시스벨을 처리해서 만사 해결했을 테니까. 이렇게 저택까지 쳐들어올 필요도 없었어."

"…………."

"하나 더 덧붙이자면, 가면 경은 이 여자를 왕궁으로 데려가려고 했다. 제국 병사와 손잡았다는 혐의로 이단 심문을 받게 하려고."

"우리는 소란을 피울 생각은 없었다. 동포를 데리고 돌아가는 것만이 목적이었지."

"그런데 제국 병사가 그 동포를 감싸다니, 대체 이유가 뭐냐?"

조아 가문은 시스벨을 왕궁으로 연행하고 싶어 했다.

이 저택에 시스벨을 가두어 격리시키는 행위와는 근본적으로 모순되었다.

"사상은 위험해도 조아 가문은 쿠데타에 관해서는 결백해. 그렇다면 남은 시조의 말예는 단 하나. 게다가 이 저택에 쳐들어온 성령 부대 덕분에, 비소와즈의 단독 범행일 가능성도 사라졌어. 이것은 거물이 통제하는 혈족 전체의 음모야."

"…………."

히드라 가문의 당주는 대꾸하지 않았다.

한편 이스카와 시스벨도 그저 진의 이야기에 귀만 기울이고 있었다.

……그렇구나. 저놈들이 제국군으로 변장한 것은 우리를 왕녀 습격 사건의 범인으로 만들기 위해서였어.

……그걸 역이용해서 범인을 추리하는 데 성공하다니. 역시 진은 굉장하구나.

가면 경의 말도 토씨 하나 안 틀리고 정확히 기억하고 있었다.

그러지 않았다면 이 습격의 모순을 눈치채기란 불가능했을 것이다. 이 남자가 「위험」하다고 단정하지도 못했을 테고.

"이제 이해했냐? 너희가 쿠데타의 진범이다."

짝짝짝.

경쾌한 박수 소리가 저택 홀에 울려 퍼졌다.

"멋진 논법이야. 그랬군. 너희가 가면 경과 만났던 것이 치명적이었어. 별의 운명이 상당히 아니꼬운 짓을 해줬구나."

기척이 느껴졌다.

제국군 차림을 한 일곱 명의 무장한 병사들이 하나둘씩 일어났다.

"어쨌든 조용히 일을 진행하도록 하지. 이곳에는 결국 제국군의 화약과 탄흔만 남을 거야. 그러면 이 저택의 고용인들이 알아서 제국군의 소행이라고 믿고 떠들어댈 테지."

"탈리스만 경?! 서, 설마, 당신이 진짜로……!"

"이것도 다 필요한 일이야. **이 별의 중추에 도달하려면 제국의 힘이 꼭 필요해.** 그것은 밀라베어는 해낼 수 없는 일이야."

소녀를 보고 미소 짓는 히드라 가문의 당주.

그는 지금까지와 똑같은 신사적인 말투로 말을 이었다.

"사이좋게 잘해보자. 시스벨 군. 자네에게 깃든 성령은 이 별의 신비를 밝혀낼 능력을 가지고 있어. 그러니 그 도움을 받고 싶어."

"……뭐라고요?! 무슨 말씀을 하시는 겁니까?!"

"단, 자네의 호위는 별개야. 무대에 오르는 등장인물이 너무 많아지는 것도 곤란해. 흥이 깨지거든."

일곱 개의 자동 소총 총구가 이쪽을 겨눴다.

"그러니까 여기서 퇴장해줘."

"보스, 해치워."

홀 양쪽 벽에서——히드라 가문의 당주 탈리스만과 일곱 명의 무장한 병사들을 에워싸는 형태로 시한폭탄이 폭발했다.

"헉?!"

"앗, 연기가……?! 큰일 났습니다. 계단 위의 적을 확인할 수 없습니다!"

병사들이 폭풍을 피하려고 후퇴했다.

발포하고 싶어도 연기가 홀 전체를 가득 메워 수십 센티미터 앞
도 보이지 않았다.

"뭘 놀라? 너희들이 준비한 폭탄이잖아. 제국 제품이면 우리도
쉽게 쓸 수 있지."

층계참에 울려 퍼지는 진의 선언.

앨리스의 방에 침입한 무장 병사 세 사람에게서 빼앗은 폭탄이
었다. 진과 이스카와 시스벨이 일부러 모습을 드러내서 적의 시
선을 잡아끄는 동안——.

다른 계단으로 내려간 네네와 미스미스 대장이 홀에 폭탄을 설
치한 것이다.

……진이 그렇게 일장연설을 한 이유가 있었다.

……폭탄을 설치할 시간이 필요했기 때문이다.

연기 속에서 이스카가 제3왕녀의 등을 밀었다.

"시스벨, 진을 따라가! 뛰어!"

"이스카?! 다, 당신은……!"

"여기서 저놈들을 막을 거야. 내가 시간을 버는 동안에 빨리 안
으로 도망쳐!"

검은 연기가 피어오르는 가운데 이스카는 층계참에 버티고 서
있었다.

시스벨을 뒤쫓아 2층으로 올라가려면 당연히 이 정면 계단을
이용하는 것이 가장 빠르다. 무조건 이곳을 사수할 것이다.

"어서 가!"

"조, 조심하세요. **탈리스만 경의 성령은 물결─────────.**"

시스벨의 목소리가 끊겼다.

이스카의 발밑. 층계참과 연결된 계단 전체가 삐걱거렸다.

"뭐야, 파열시키려는 건가?!"

폭풍도 폭연도 폭염도 아니었다. 이스카가 서 있는 층계참을 포함한 중앙 계단 전체가 보이지 않는 힘에 의해 산산이 부서졌다.

"흠. 계단까지 포함해서 싹 날려버리려고 했는데. 그 전에 도망쳤군. 잘도 피했어."

2층에서 착지했다.

0.5초만 늦었어도 이스카는 『파동』에 짓눌려 부서졌을 것이다. 부상을 당하진 않았지만, 뺨을 타고 식은땀이 주르륵 흘렀다.

……이거 완전히 사기꾼이잖아.

……"이곳에는 결국 제국군의 화약과 탄흔만 남을 거야"라더니, 웃기지도 않아.

성령술은 사용하지 않을 것이다.

그런 뉘앙스를 잔뜩 풍겨놓고선, 이 마인은 전혀 주저하지 않고 성령술을 발동시켰다. 저택과 이스카를 통째로 파괴하려고 한 것이다.

"제정신이야? 이런 식으로 파괴하다니."

"괜찮아. 나중에 제국의 폭약으로 한꺼번에 태워버릴 거니까. 그럼 되잖아. 성령 에너지 반응은 몇 시간만 지나도 사라진다. 그러면 제국군의 흔적만 남을 테지."

히드라 가문의 당주가 손가락을 딱 튕겼다.

그의 옆에 서 있던 무장 병사들 일곱 명이 일제히 저택 밖으로 신속하게 뛰쳐나갔다.

"이 제국 병사한테는 신경 쓸 필요 없다. 시스벨 양을 꼭 잡아."

하얀 양복을 입은 남자가 오른손을 흔들었다.

홀의 양쪽 벽에서 솟구치던 불길이 순식간에 작아지면서 꺼져버렸다. 보이지 않는 파동이 불을 짓눌러 끈 것이다.

──물결의 성령.

이 성령은 보이지 않는 역학적 에너지를 파동으로서 방출한다. 그 힘의 파도에 부딪친 물체를 마음대로 조종하는 것이다.

이른바 염력이라는 초능력의 개념과 비슷했다.

"아쉽군. 나는 성격상 난폭한 행위에 참여하는 것은 별로 좋아하지 않는데."

"……전혀 안 그래 보여."

"아니, 거짓말이 아니야. 나는 거친 짓은 싫어해. 물론."

히드라 가문의 당주 탈리스만──.

시조 네뷸리스의 피를 이어받은 별(루), 달(조아), 그리고 마지막 혈족인 「태양(히드라)」을 다스리는 지도자가 맑은 목소리로 선언했다.

"『정화』는 마다할 수 없지. 이것은 이 별의 영혼을 정화하는 작업이야."

Chapter.6
『새벽이 오면』

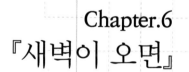

the War ends the world /
raises the world

1

루-에르츠 궁전——.

드넓은 땅을 차지하고 있는 이 저택에서는 다소 시끄러운 소리가 나더라도 이 동네 사람들에게는 들릴 리 없었다.

폭음도 총성도. 혹시 들려도, 이렇게 어두운 밤에는 그 소리가 어디서 나는지 정확히 알아내지 못할 것이다.

——새벽까지는 아무도 도와주러 오지 않는다.

침입해온 자객 부대를 쓰러뜨리든가, 새벽이 올 때까지 저택에 숨어서 버티든가, 아니면 도망치든가.

"삼자택일이군."

서관 2층 복도를 계속 달렸다.

진은 시스벨의 손을 붙잡은 채, 앞장서서 달리는 여대장에게 말을 걸었다.

"보스, 일단 멈춰봐. 거기 벽이 튀어나온 곳에서."

"으, 응!"

미스미스 대장, 네네, 진, 시스벨이 순서대로 벽에 붙어 서서

숨을 죽였다.

멈춘 이유는 두 가지. 계속 뛰면 시스벨의 체력이 소모되기 때문이고, 또 무작정 전진하는 것은 위험하기 때문이다.

"저놈들은 제일 먼저 3층 발코니로 올라왔었어. 그러니까 추격자가 이미 3층에 숨어 있을 가능성이 높아. 이봐, 고용주 씨. 가장 위험한 장소는 어디야?"

"……아마 제 방일 테죠."

"맞아. 네 방으로 도망치려고 문을 연 순간, 숨어 있던 무장 병사들과 마주치는 것이 진짜 최악이야. 그러니 위층으로는 가지 말자."

지리적으로는 우리가 적보다 더 유리했다.

숨을 장소는 많았다. 화장실이든 탈의실이든 창고든 어디든 상관없었다. 게릴라전이 펼쳐진다면, 이 저택의 구조를 잘 아는 시스벨이 유리할 것이다.

"네네, 총알은 얼마나 남았어?"

"열둘. 그리고 아까 병사한테서 수류탄은 빼앗아 왔어."

"보스는?"

"어, 저기, 내 테이저건 배터리는 절반쯤 남았어……!"

"소모전은 불가능하군. 1층에 있던 일곱 명 정도는 어떻게든 처리할 수 있을 테지만."

숨어서 통로 저쪽 끝을 응시했다.

사람 그림자는 보이지 않았다. 발소리도 없었다. 이 고요한 복도에서는 아무것도 들려오지 않았다. 기분 나쁠 정도로 부자연스러운 정적이었다.

"＿＿＿＿＿＿."

절대로 놓치지 않겠다는 듯이 손을 꽉 붙잡고 있는 마녀. 진이 힐끔 그쪽을 봤다.

"너무 꽉 붙잡진 마. 여차할 때 움직이기 어렵잖아."

"~~~~~?! 아, 아니, 그게 무슨 말이에요?! 저, 저는, 지금 겁먹지 않았거든요?!"

"알았어. 그보다 궁금한 것이 있는데."

진이 복도를 노려보면서 말했다.

"히드라 가문? 그거 총 몇 명이야? 이제 와서 제국 부대에게는 가르쳐줄 수 없다고 하면 안 돼. 적의 전력을 확인해야 해."

"……시조님의 직계 자손은 30명 정도입니다."

"의외로 적군. 100년이나 이어져온 혈통 중 하나라며?"

"직계만 따지면 그리 이상한 숫자는 아니죠. 그런데 병사의 수는 열 배 이상입니다. 아니, 히드라 가문은 그 외에도 비밀 병력을 보유하고 있을지도 몰라요."

"절대 정면으로 붙으면 안 되겠군. 수적으로 너무 열세야."

이 저택에 몇 명이나 모여들었는지는 몰라도 그 수가 적지는 않을 것이다.

당주 탈리스만이 스스로 나섰을 정도니까. 여기서 반드시 시스벨을 손에 넣겠다는 의지가 느껴졌다.

"……이런 상황에서 할 말은 아닐지도 모르지만요. 고용인들도 걱정되네요."

"아까 그놈이 말했잖아. 제국군이 공격했다는 목격자의 증언이 필요한 이상, 고용인들을 함부로 건드리진 않을 거야. 지금은 우리가 더 급해."

이런 이야기를 하는 도중에도 발소리는 전혀 들리지 않았다.

함정을 파놓고 먹잇감이 걸려들 때까지 기다린다. 전장에서 성령 부대가 사용하는 대표적인 전술. 그걸로 작전을 변경한 건가.

"자, 이제 어쩌지? 저택 어딘가에 숨어서 날이 밝을 때까지 기다릴까, 아니면 저택 밖으로 도망칠까. 하룻밤 숨어서 버틸 만한 곳은 있어?"

"……몇 군데 있지만, 전부 다 창고나 깊숙이 들어간 장소입니다. 꽉 막힌 곳이라서 적에게 들키면 도망칠 길이 없어요."

"그럼 방법은 하나밖에 없군. 이 저택에서 빨리 도망치자."

네네와 미스미스 대장이 고개를 끄덕였다.

이곳은 저택 2층.

계단으로 1층까지 내려가거나, 어느 방 창문에서 바깥으로 뛰어내려야 한다.

"저, 실은 지름길이 있어요. 그쪽으로 안내할게요!"

시스벨이 통로 안쪽을 가리키면서 걸음을 뗐다.

"이런 경우에 대비해서 2층, 3층, 4층에다가 한 군데씩 밖으로 나갈 수 있는 피난계단을 만들어뒀거든요. 거기로 탈출합시다."

"평범한 비상계단은 아니지?"

"유사시 사용하는 비밀통로입니다. 히드라 가문은 물론이고 저택 고용인들도 모릅니다. 진짜 비밀통로예요."

불 켜진 통로를 따라 나아갔다.

서관 2층, 안뜰을 둘러싼 이 회랑은 최근에 진 일행이 안내받지 못한 장소였다.

"……저도 실제로 사용해보는 것은 처음이에요."

벽에 걸린 그림을 떼고, 그 뒤에 있는 조그만 틈새에 손가락을 집어넣었다. 딱! 하고 작은 소리가 나더니 옆에 있는 벽이 살짝 안으로 들어갔다.

벽이 들어간 부분이 마치 문처럼 보였다.

"와! 네네야, 이거 봐. 굉장해. 진짜 비밀통로 같아."

"아하. 이 벽만 비어 있었구나. 얇은 문이 있어서, 이걸 밀어 열면 벽 안쪽의 공간을 통해 걸어갈 수 있는 건가? 제국에서는 본 적이 없는 장치야."

"지금 수학여행 온 거 아니다. 감탄하지 말고 빨리 들어가."

벽 뒤에 있는 비밀통로로 들어갔다.

빛이라곤 하나도 없었다.

오랫동안 아무도 드나들지 않은 공간은 먼지와 곰팡이 냄새로 가득 차 있었다. 숨 쉴 때마다 가슴이 답답해졌다.

"이봐, 이게 무슨 비밀통로야? 그냥 벽과 벽 사이의 틈새잖아."

"이거라도 있는 게 어디예요? 아무튼 진, 당신이 맨 앞에 있으니까 조심하세요. 슬슬 계단이 나올 거예요. 방심하다간 다칠지도 몰라요."

"계단이 문제가 아니라 너무 어두운 게 문제야."

통신기를 꺼냈다.

발광 기능을 계속 켜둠으로써 즉석 조명으로 활용하려고 했다. 그런데 그때.

"어, 뭐야?"

통로 저쪽에서 뭔가가 빛났다.

조명장치가 아니었다. 그보다 환상적이고 은은한 빛이었다.

반딧불보다 좀 더 강한 저 빛은…… 성령 에너지?

"후퇴해!"

빛의 의미를 깨달은 진은 뒤에 있는 세 사람에게 소리쳤다.

"저놈들이 이 비밀통로까지 알고 있었어. 매복 중이야!"

"뭐라고요?!"

"당장 자세 낮추고 뛰어! ————윽?!"

등에서 심한 통증이 느껴졌다. 반사적으로 고통스런 신음이 흘러나왔다.

아픔과 동시에 느껴지는 냉기. 성령 에너지의 빛으로 밝혀진 비밀통로의 벽이 순식간에 서릿발로 덮이는 것이 보였다.

"얼음 성령술?! 저놈들이 잘 못 쓰는 총은 버리고 자기네 기술을 쓰기 시작했어…… 네네, 서둘러! 저놈들이 이 통로를 통째로 얼려버리려고 해!"

"아, 알았어, 진 오빠!"

도망쳐서 복도로 다시 나갔다.

시스벨이 숨을 헉헉 몰아쉬면서 벽의 스위치를 누르자 문이 도로 닫혔다.

"반대쪽에는 문 여는 장치가 없어요. 이걸로 시간을 좀 벌 수 있을⋯⋯."

삐걱⋯⋯.

안도의 한숨을 내쉬는 시스벨의 눈앞에서 문짝이 뒤틀리는 소리를 냈다. 금속 문의 표면에 삽시간에 하얀 서리가 내렸다. 문이 급속도로 냉각되고 있는 것이다.

금속의 저온 취성(물체가 낮은 온도에서 변형되지 않고 곧바로 부서지는 현상).

초저온에 노출된 쇠는 아주 약한 힘으로도 파괴돼버린다.

"겨울의 자연 풍경『눈 덮인 산맥』."

문이 날아갔다.

복도를 덮친 것은 화약이 아니라 노도와 같은 눈의 결정체였다. 진 일행이 서 있는 복도가 빠르게 얼어붙었다. 서리가 내리고 눈이 쌓이면서 새하얀 설경으로 바뀌어 갔다.

"──눈과 얼음의 차이를 알고 있느냐? 모른다면 눈의 세계로 초대해주마."

노파의 쉰 목소리가 울려 퍼졌다.

눈 덮인 복도로 나온 사람은 무장한 병사가 아니었다.

수도복 같은 디자인의 붉은 옷을 입은 깡마른 마녀. 새하얀 복도에서 그 마녀의 존재가 유난히 눈에 띄었다.

"안녕하신가. 시스벨 양. 이렇게 만나는 것은 처음이지?"

"……누, 누구시죠?!"

공손하게 인사하는 마녀 앞에서 마녀 공주가 날카롭게 대꾸했다.

이 노파는 1층에 있었던 무장 병사와는 달랐다.

진을 비롯한 제국 병사 세 명의 눈앞에 이토록 당당하게 모습을 드러낸 것 자체가 이상했다. 총격을 두려워하는 기색이 전혀 없었다.

"백야의 마녀 그뤼겔."

"흐음? 나를 아는 제국 병사가 있었구나."

"그야 뭐, 워낙 눈에 띄는 외모시잖아. 마녀 명부에 실린 마녀들은 하나같이 만나기 싫은 녀석들이란 말이지."

빙화의 마녀와 동일시되던 마녀였다.

나중에 빙화의 마녀와 백야의 마녀가 동시에 다른 전장에 나타나기 전까지는, 이 마녀들이 동일인물로 간주되기도 했었다.

──그만큼 위험한 인물이었다.

지금도 그렇다. 전장에서 눈이 내리기 시작하면 제국군은 즉시 후퇴를 개시한다.

이 마녀가 참전할까 봐 두려워서.

"제국 병사를 상대하는 것은 오랜만이구나."

"어, 그래. 알아. 기구 Ⅴ사 1개 중대가 통째로 너 하나한테 참패했잖아? 전차와 장갑차 총 스무 대가 고철덩어리로 변해버렸지."

"그래, 그래."

마녀가 기분 좋게 웃었다.

"눈의 세계는 나의 세계. 여기서는 시조님의 말예조차도 나를 막지 못해. 알겠느냐?"

2

루-에르츠 궁전, 1층 홀──.

타닥타닥 튀는 불꽃. 실처럼 가느다란 검은 연기가 홀 양옆에 뚫린 커다란 구멍에서 천장으로 서서히 올라가고 있었다.

이 불과 연기는 아까 제907부대가 터뜨린 폭탄의 결과물이었다.

한편.

지금 이 홀의 공기를 뿌옇게 만드는 분진은 그 폭탄보다도 더 엄청난 파괴력을 가진 「보이지 않는 힘」에 의한 파괴의 흔적이었다.

"일종의 예감이라고나 할까. 사소한 위화감이 느껴졌었다."

숨 막힐 정도로 자욱한 분진 속에서 늠름한 중년 남성이 유유히 걸어 나왔다.

히드라 가문의 당주 탈리스만.

분진과 연기 속에서도 그 하얀 양복은 먼지 하나 묻지 않고 깨끗했다.

"비소와즈는 비장의 카드 중 하나였어. 아마 비소와즈를 혼자서 막아낼 수 있는 사람은 루에도 조아에도 거의 없을 거야. 그런데 놀랍게도 비소와즈가 실패해버렸지."

"……나한테 그런 이야기를 해줘도 되는 거야?"

"난 지금 질문을 하는 거야. 비소와즈를 격퇴한 사람이 바로 자네인가? 전직 사도성 제11위 씨."

"대답하고 싶지 않은데."

사도성 제11위.

상대는 내 신분을 안다는 듯이 말하고 있는데, 그 대화에 응할 마음은 전혀 없었다.

……벌써 두 번째였다. 이제 확실히 알았다.

……**이놈과 대화하는 것은 너무 위험하다.**

똑. 붉은 물방울이 떨어졌다.

살짝 찢어진 이마의 상처에서 흘러내리는 피. 이스카는 그것을 닦아내고 바닥을 박차면서 일어났다.

그 뒤편에는. 방금 천장에서 뚝 떨어져 무수한 유리 파편을 흩날렸던 샹들리에의 잔해가 남아 있었다.

천장 자체가 무너졌다.

그것도 탈리스만이 스스로 "자기소개를 다시 한번 할까?" 하고 말하는 사이에.

내 이름은 탈리스만——그 말에 이스카는 무심코 귀를 기울였다가 허를 찔렸다. 바로 그때 탈리스만이 천장이라는 수백 킬로 그램이나 되는 금속과 목재를 낙하시킨 것이다.

……그것도 자유낙하가 아니었다.

……마치 포탄 같은 속도로 가속하여 무자비하게 낙하시켰다.

물결의 성령은 「파동」이라는 보이지 않는 역학적 에너지를 조종한다.

과거에 이스카의 스승님은 물결의 성령을 이렇게 비유했었다. "적의 어깨에 보이지 않는 로봇 팔이 달려 있는 거야"라고.

탈리스만은 그 보이지 않는 손으로 천장을 파괴한 것이었다.

"흠. 그래, 지금 그 몸놀림을 보니 대충 알겠어."

팔짱을 끼고 턱을 쓰다듬는 탈리스만.

사색하는 듯한 포즈였지만, 사실 물결의 성령술사에게는 이것이 전투태세였다.

"비소와즈는 능력은 흠잡을 데 없이 훌륭했지만 약간 실전 경험이 부족했어. 그러니 경험이 풍부한 사도성에게 잘못 걸려 농락당하다가 결국 반격당해 패배했을 수도 있지."

"…………."

"그래서 좋지 않은 예감이 들었던 거야. 만약의 경우에 대비해서 또 한 명의 자객을 보냈지. 그 친구는 시스벨 군을 감시하려고 준비해둔 건데. 그도 실패하고 말았어."

하얀 양복을 입은 마인이 등 뒤를 턱짓으로 가리켰다.

활짝 열린 정문을 통해 보이는 정원.

"오르네이크 첩보대장을 제거한 것도 자네의 소행이지?"

"……그게 누구야?"

"눈매가 사납고 머리를 빳빳이 세운 남자. 여기 정원에서 대기하라고 명령했는데, 어젯밤에 연락이 뚝 끊겼어. 좀 전에 정원 한 구석에서 발견했다. 중상을 입었더군."

이것도 나를 속이려는 교묘한 화술인가?

오르네이크라는 이름은 들어본 적이 없었다. 그렇게 생긴 사람도 모르고, 이 저택에 자객이 숨어들었다는 이야기도 처음 들었다.

"네 수다나 들어줄 생각은 없어."

"아니, 들어봐. 처음에는 앨리스 군이 그런 줄 알았어. 하지만 앨리스 군이 그를 붙잡았다면 정원에 버려두지 않고 심문했을 테지. 전혀 관심 없다는 듯이 정원에 버려놨잖아. 그게 나의 관심을 끌었어."

"…………"

"뭐, 그래. 좋아. 시스벨 군은 부하에게 맡기기로 하고, 나도 서둘러 왕궁으로 돌아가야 하거든. 오늘 밤은 중요한 날―――윽!"

탈리스만이 말을 하다 말고 재빨리 후퇴했다.

세 발짝 전진. 이스카가 말없이 칼이 닿을 만한 거리까지 단숨에 파고들자, 히드라 가문의 당주가 즉시 반응한 것이었다.

"이봐, 아직 대화하는 도중이잖아."

"뭐 어때, 피장파장인데."

여기까지 파고든 이스카의 등 뒤에서 홀 바닥이 쩍 갈라졌다.

마치 발밑에서 솟구친 창처럼. 이 저택 밑바닥의 암반이 호사스런 융단을 종잇장같이 찢어버리면서 뾰족하게 튀어나온 것이었다.

동시에 이루어진 기습 공격.

이스카가 반격하려고 민첩하게 파고들자, 탈리스만도 또 이에 반응해서 후퇴했다. 둘 다 아무렇지도 않게 대화하는 척하면서 실은 「공격」에 대한 「응수」를 하고 있었던 것이다.

……히드라 가문의 당주. 이 남자가 시조 일족의 당주인가.

……상상보다 더 강한 놈이다.

뻔뻔하게 여상스러운 말을 늘어놓으면서 상대의 주의를 흐트러뜨리고 빈틈을 노려 기습한다. 그런 책사 타입일 테지. 이스카는 그렇게 생각했었다.

그러나 이 남자는 이스카의 반격에 비정상적으로 기민하게 반응했다.

……잘 훈련된 전사였다.

……단순한 당주가 아니라, 전장에서 전투 경험을 쌓아온 성령술사인 듯했다.

한 발짝 더 파고들었다.

"흠. 더 이상 거리가 가까워지면 곤란해."

탈리스만이 후퇴했다. 그걸 본 이스카는 자세를 낮췄다. 단숨에 그의 품속으로 파고들다가, 그 순간 눈앞에서 느껴진 「벽」의

기운 때문에 거기서 딱 멈췄다.

먼지가 사라졌다.

공기 중에 떠돌던 분진이 뭔가에 훅 떠밀려 사라졌다. 그것이
전조였다.

──대해소(大海嘯).

보이지 않는 파동이 밀려왔다.

마치 수십 톤이나 되는 질량의 유리벽이 제국 검사를 짓누르려
고 도미노처럼 줄줄이 쓰러지면서 이쪽으로 밀려오는 것 같았다.

"크윽?!"

거대한 파동이 어깨를 스친 순간 격통이 느껴졌다. 그 아픔이
사라지기도 전에 파괴 에너지에 직격당한 오른쪽 어깨의 옷이 찢
겨져 날아갔다.

잘려나간 것이 아니었다. 의복의 천이 섬유 단위로 낱낱이 분
해됐다.

──**잡아 으깨는 듯한 공격**.

흑의 성검으로 허공을 베었다.

이스카의 눈에는 보이지 않았다. 그러나 이스카를 붙잡아 으깨
려는 파동을 절단하는 감촉만은 칼끝을 통해 전해져왔다.

"오. 잡히기 전에 회피했나? 물결 성령을 잘 알고 있군."

히드라 가문의 당주는 전혀 동요하지 않았다.

상대는 사도성이니까 내가 방출한 파동을 절단할 수도 있지.
그렇게 납득하는 것 같은 반응이었다.

"아직 젊은데도 경험치가 굉장해. 그동안 많은 전장을 아수라처럼 누비고 다녔나 보군."

"아니. 물결 성령이 희귀한 성령은 아니라서 그런 거다."

이스카는 파동에 의해 부서진 바닥을 힐끗 보더니 빠르게 한마디를 뱉었다.

집중하자.

경계해야 할 것은 성령술사의 거동이 아니다. 그 주변의 공기 자체다.

……파동을 조종하는 『물결』의 성령.

……가장 위험한 것은 파동에 직접 휘말리는 것이다.

천장을 낙하시키거나 돌멩이를 흩뿌리는 것은 눈에 보이니까 괜찮다.

이스카의 스승님이 「눈에 보이지 않는 로봇 팔」이라고 표현한 그것. 보이지 않는 팔 자체가 제일 위험하다. 붙잡히면 그대로 으깨어질 것이다.

그러나.

"그래도 정답은 하나밖에 없어."

"응? 뭐라고?"

"거리를 0으로 만든다. 가장 빠르게."

탈리스만이 눈을 약간 크게 떴다.

바닥을 박차는 제국 검사의 정수리를 향해 파동을 내리꽂았다. 바닥에 큰 구멍을 뚫어버릴 그 일격이 가해지기 전에 이스카는 재빨리 옆으로 뛰었다.

　——**파동은 바람보다 느리다**.

　보이지 않는다는 점에서는, 공기를 조종하는 바람의 성령술도 마찬가지였다.

　그 둘의 차이점은 도달 속도. 낫족제비처럼 음속으로 날아드는 『바람』에 비해, 『물결』은 크고 강력하지만 사정거리가 짧고 느렸다.

　동시에 움직이면——.

　물결이 이스카에게 닿기 전에 이스카가 먼저 적의 품속에 파고들 수 있다.

　"총을 쓰지 않는 제국 병사도 보기 드문데. 하지만 **거기**에는."

　"방어벽이 있다는 거지?"

　아무것도 없는 허공.

　내리친 흑의 성검에서 느껴지는 감촉. 거기서 도사리고 있던 파동의 벽이 이스카의 일격에 의해 산산이 부서졌다.

　보이지 않았다.

　그럼에도 불구하고, 제국 검사는 허공에 있는 파동덩어리를 완벽하게 파악했다.

　"흐음?"

　히드라 가문의 당주가 눈을 가늘게 떴다.

　상대가 전직 사도성이란 사실을 알면서도 내내 태연자약하던 마인이 이제야 비로소 경계심을 드러낸 것이다.

　"뭘 본 것이냐?"

"——감으로 맞힌 거야."

거기에 있는 듯한 느낌이 들었다.

파동을 뛰어넘는 속도로 움직이는 자신을 붙잡을 수 없다. 상대가 그렇게 판단했다면, 이번에는「보이지 않는 손」을 거미줄처럼 허공에 뻗칠 것이다.

그러나 파동을 설치하리란 것은 예측할 수 있어도, 그것이 보이지 않는다면 장소를 정확히 알기는 어렵다. 고로 여기서부터는「감」이란 이름의 경험에 의지하는 것이다.

이스카가 전장에서 만났던 물결의 성령술사들.

그 방대한 전투 경험에 바탕을 둔 귀납적 판단이「감」을 제6감으로 승화시켰다.

"하하, 마치 야생짐승처럼 후각이 발달했구나."

탈리스만이 쓴웃음을 지었다.

"비소와즈가 진 것도 당연해. 제국 병사와의 전투를 상정했다가 자네 같은 전투광을 만났으니. 이건 뭐, 당황할 수밖에 없었겠어."

"————."

"역시 사도성은 굉장해. 이 시대에『집단』을 능가하는『개체』의 존재란 얼마나 골치 아픈 것인지. 고작 한 명이 전황을 뒤엎어버리니까."

대답할 이유가 없었다.

이미 말 한마디 하기도 전에 결판을 낼 수 있을 만큼 상대와 가까워졌다.

"그런 자네를 기다리고 있었어."

부르르. 공기가 떨렸다.

히드라 가문의 당주가 서 있는 바닥이 크게 출렁거렸다. 방출되는 파동이 잔물결처럼 바닥을 흔들어놓은 것이다.

──그리고 사라졌다.

바닥을 박차는 폭발적인 발소리만 남겨두고. 하얀 양복을 입은 남자가 사라졌다.

이스카의 눈은 그런 착각에 빠졌다.

"파동이란 지정 방향을 얻은 역학적 에너지 파장이다. 이것은 질량과 가속을 낳는 물리량 그 자체야. 그것까진 알고 있을 테지?"

목소리만 울려 퍼졌다.

뒤도 아니고 좌우도 아니고 바로 아래에서. 이스카의 사각지대라고 할 만큼 가까운 곳에, 바닥 위로 미끄러지듯이 머리를 낮춘 마인이 다가와 있었다.

이스카가 눈을 의심할 정도로 압도적인 각력으로.

"……헉?!"

"물결의 성령술사라고는 해도 다 똑같지는 않아."

바닥 근처에서 날아온 마인의 주먹.

성검으로 받아쳐? 아니, 이 남자의 주먹에는 틀림없이 뭔가 깃들어 있을 것이다. 서로의 어깨가 닿을 만한 지근거리였다.

등골이 서늘해질 정도로 엄청난 위압감을 지닌 마인. 그 앞에서 이스카는 온 힘을 다해 바닥을 걸어찼다.

반격? 그런 것은 꿈도 꾸지 않았다.

그저 전력으로 바닥을 박차고 도망쳤다. 쉭——하고 마인이 쳐올린 주먹이 이스카의 옆구리를 살짝 스친 순간, 이스카의 **옆구리가 폭발했다.**

"크으으으윽?! 으………… 헉……?!"

옆구리 살이 떨어져 나간 듯한 격통. 정신이 아득해졌다.

……화약이 터졌나? 아냐, 화상 흔적은 없어.

……단지 주먹만 슬쩍 닿았는데도 저만한 충격이라니……!

직격하진 않았다.

주먹과 옷자락이 스쳤을 뿐인데도 옆구리에 퍼런 멍이 들었다. 늑골과 내장이 박살날 것 같은 파괴력이었다.

"반격하지 않고 회피하는 것을 선택하다니. 역시 감이 좋군. 그리고 그 상황에서 나의 일격을 회피한 몸놀림도 참으로 훌륭해."

하얀 양복 옷깃을 단정히 정리하는 히드라 가문의 당주.

"『포학』의 탈리스만. 나로선 이해하기 어려운 내 속칭이야."

"……잘 어울리는…… 별명이네……."

입안에 고인 침을 뱉었다.

붉은색이 섞여 있었다. 입술이 찢어졌거나 내장이 상했거나. 또는 둘 다일지도 모른다.

……파동은 별의 성령에 의해 생겨나는 역학적 에너지.

……방금 보여준 폭발적인 가속은, 그 에너지를 질량과 가속도

로 전환시킨 결과인가?!

그런 응용법이 있다니.

본 적이 없었다. 그 어떤 전장에서도.

"그것이 너의 성령이냐?"

"뭐? 아, 설마 자네는 이것이 내 성령만의 특별한 비술이라고 착각하고 있는 건가?"

"……뭐라고?"

"이것은 파동 에너지를 물리적인 가속도로 전환한 거야. 같은 타입의 성령술사라면 누구나 쓸 수 있는 기법이지. 내 힘이 남들보다 더 크다는 차이짐은 있지만."

"누구나 쓸 수 있다고? 그런 궤변은——."

"연습하면 돼."

히드라 가문 당주의 모습이 흔들렸다.

화약이 터지는 듯한 발소리가 들린 직후, 마인은 이스카의 정수리를 향해 낙하했다. 도약하기 직전에 이 남자가 몸을 구부리는 것까지는 이스카도 봤다.

그다음부터 가속하는 모습은 보지 못했다.

……역시 그렇구나. 이 남자는 스타트 속도가 빠른 게 아니야.

……거기서부터 비정상적으로 가속도가 붙는 거다. 물결 성령의 파동으로 강화된 거야!

점프한다. 또는 달린다. 그 운동의 시작점에서는 보통 인간과 같다.

그 후 무시무시할 정도로 가속되는 것이다. 파동의 지원을 받아서. 요컨대 순풍을 타고 달리는 것이다.

"파동의 물리적 전환. 이 기술을 설계하는 데 6년이 걸렸다. 제대로 습득하는 데 8년이 걸렸고. 이 경지에 이르는 데 또 13년이 걸렸다. 약 30년. 내가 좀 요령이 없거든."

주먹이 이스카의 앞머리를 스치면서 내리꽂혔다.

이스카는 정수리를 망치로 얻어맞은 듯한 충격을 느끼면서 옆으로 뛰었다.

"누구나 가능성을 가지고 있어. 그러나 여기까지 도달하려면 광기가 필요하지. 알겠나? 젊은 사도성. 내가 하고 싶은 말이 무엇인지."

홀 중심으로 회피.

그러나 시조의 말예인 마인이 그 앞을 막아섰다.

달려드는 최초 속도는 이스카가 빠르지만——.

이 남자의 질주에는 물결의 성령 에너지 전환에 의한 폭발적인 가속이 존재한다.

"이럴 수가?!"

추월당했다.

그것은 그동안 이스카가 경험했던 온갖 성령술사와의 전투에서 한 번도 느껴본 적이 없는 충격이었다.

"자네는 나와 같아. 한없이 강해지려고 애쓰는 아수라 같은 존재야."

회피조차 불가능했다.

마인의 주먹이 복부에 꽂히고, 동시에 파동의 파괴력에 의해 이스카의 의식이 날아갔다. 1초 후, 이스카는 홀의 돌기둥에 꽉 처박혔다.

둔탁한 소리가 났다.

"그런데 안타깝게도 내가 더 오래 수련했거든. 그 차이가 이렇게 나타난 거야."

쓰러진 제국 병사에게서 눈을 뗐다.

아직도 얼룩 하나 묻지 않은 하얀 양복의 옷깃을 정리하고, 주름진 곳이 없나 확인한 다음에 몸을 돌렸다.

그 등을 향해.

"……거기…… 서……."

"―――――?!"

탈리스만이 멈춰 섰다.

포학의 마인이 미간을 찌푸리고 내려다보는 가운데, 이스카는 검을 지팡이처럼 짚고서 숨을 거칠게 몰아쉬며 몸을 일으켰다.

"강철조차 분쇄할 만큼 강력한 파동이다. 나는 직격했다고 생각했는데?"

"맞아, 직격했어."

"그렇겠지. 그런데 넌 어떻게 일어난 거냐."

파괴의 힘이 내부까지 전해졌다.

복부 주변 근육은 모조리 끊어지고, 늑골부터 등뼈까지 다 산산조각 나서 내장에 박혔다. 탈리스만은 그렇게 확신했었다.

……실제로 그럴 뻔했지.

……순간적으로 성령술을 해방시키지 않았더라면 그대로 끝장 났을 것이다.

백의 성검은 딱 한 번 성령술을 발동시킬 수 있다.

흑의 성검으로 아까 절단했던 파동. 이스카는 그것을 방패처럼 해방시킨 것이었다.

"훌륭해."

히드라 가문의 당주가 두 손을 높이 들어 찬미했다.

"정말 날카롭게 벼려졌구나. 그 안광, 행동, 투지. 이렇게 대치 하기만 해도 전율이 느껴질 정도야. 아주 무서워."

"…………"

무섭긴 누가 무서운데, 이 사기꾼아.

속으로 그렇게 욕하면서도 묵묵히 피 맛이 나는 입술을 쓱 문 질렀다.

……히드라 가문의 당주 탈리스만.

……이것이 네뷸리스 3대 혈족 중 하나를 다스리는 순혈종인가!

저절로 실감할 수밖에 없었다.

이 순혈종은 무서운 놈이었다. 대규모 파괴력만 따지면 비소와 즈가 더 대단할 것이다. 그러나 눈앞에 있는 이 남자는 다른 수많 은 성령술사에게는 없는 강한 힘을 가지고 있었다.

——흑강의 후계자의 천적.

압도적인 화력을 자랑하는 성령술을 상대로, 목숨 아까운 줄 모르고 완벽한 근접전을 펼치는 것이 이스카의 전투방식이다. 성령술을 간발의 차이로 피해서 상대의 품에 파고드는 것이다.

이스카의 체술(體術)과 폭발적인 각력 덕분에 가능한 전투방식이었다. 그러나.

……분하다. 이렇게 분통 터지는 경우는 처음이었다.

……설마 내가 기동력으로 이기지 못하는 상대가 있을 줄이야.

속도는 호각.

시조 네뷸리스, 빙화의 마녀, 가시의 마녀, 초월의 마인. 지금까지 다양한 강적들에게 닿았던 이스카의 엄니. 그 엄니가 통하지 않는 적을 처음 만났다.

"어디 보자, 지금 자네는 무엇을 생각하고 있을까? 나를 쓰러뜨리고 역전승할 수단? 도망칠 방법? 아니면 저택 안으로 달아난 시스벨 군의 안위를 걱정하고 있나?"

"마지막 질문에만 대답해주마. 그건 절대로 아니야."

검으로 허공을 후려쳤다.

그렇게 눈에 들어오는 분진을 날려버리면서. 이스카는 씹어 뱉듯이 대답했다.

"시스벨은 지금 내 동료와 같이 있으니까."

"내가 엄선한 부하들이 이 저택을 포위하고 있는데?"

"금방 탈출할 거야."

"하하!"

혈족의 지도자가 웃음을 터뜨렸다.

"아, 미안하네. 그런데 자네가 진지하게 그런 말을 해봤자, 도 대체 어디로 탈출한단 말인가? 이 저택 바깥으로 도망쳐봤자 의 미가 없어."

"······어째서?"

"시스벨 군이 도망칠 수 있는 장소는 이제 이 나라에는 존재하지 않아. 현 정권은 지금 실시간으로 무너지고 있으니까. 제국군의 침공에 의해서."

"그래서 뭐 어쩌라고. 우리는 시스벨을 왕궁으로 데려갈 거야."

그러면 다 끝난다.

이스카는 황청의 동란에는 일절 관여하지 않을 것이다.

여기서 여왕 네뷸리스 8세가 쓰러진다 해도 어쩔 수 없다. 시스벨이 울면서 도와 달라고 해도 도와줄 마음은 없다.

그러나——.

왕궁까지는 죽어도 데려갈 것이다. 어떤 장해물이 앞을 가로막아도.

"멋진 무대야. 이 저택은 높은 곳에 있으니까. 아름다운 일출 광경을 볼 수 있을 테지."

태양이 떠오르는 방향을 보는 탈리스만.

그러나 하늘은 깊은 어둠으로 덮여 있었다.

밤 한 시. 새벽이 오려면 아직 멀었다.

"너무 성급한 거 아냐? 지금은 한밤중이잖아."

"그러니까 끝까지 지켜보는 거야. 오늘밤이 『별(루)』이 빛나는 마지막 날일 테니까. 기나긴 밤이 드디어 끝나는 거다."

별은 루 가문의 상징.

별과 달과 태양은 교대로 지상을 밝히므로, 그것이 곧 루와 조아와 히드라의 번영을 나타내는 것이다──.

이스카도 제3왕녀에게서 그런 이야기를 들었었다.

"현재의 여왕이 쓰러진다는 건가?"

"하하. 당주인 내 입으로는 차마 말할 수 없지만, 자네가 그렇게 해석했다면 똑똑하다고 말해야겠군."

"그래서 뭐. 어떻게 된다고?"

"그야 뻔하지 않은가. 『별』이 반짝거리는 밤이 끝나면 아침이 온다."

히드라 가문을 다스리는 남자가 두 팔을 들어 올렸다.

칠흑의 하늘을 우러러보면서.

"태양이 세상을 밝히는 새벽. 이 세계의 새로운 시대가 시작되는 거다."

Epilogue.1
『네뷸리스의 시(詩), 노래하라 패배한 공주여』

1

루 가문의 별장에서 왕궁까지는 자동차로 약 두 시간.

그 두 시간을 차 안에서 견뎌냈다. 이토록 시간이 길게 느껴진 것은 처음이었다.

"앨리스 님, 여왕님의 응답은요?!"

"없어. 전원이 꺼지진 않았는데, 대화할 수 있는 상태가 아닌 것 같아."

여왕과 직통 연락이 되지 않았다.

전력을 다해 부하들을 지휘하느라 친딸의 연락을 받을 여유조차도 없는 걸까.

"린, 서둘러. 시속 500km로 밟아."

"말도 안 되는 소리 하지 마세요. 너무 어둡잖아요. 70km가 한계예요!"

라이트를 켠 왕족 전용차가 맹렬한 기세로 어두운 차도를 달려갔다.

시끄럽게 울려 퍼지는 경보.

심야 한 시가 넘은 도심부를 꿰뚫는 날카로운 소리는 경비대 본부에서 나는 것이었다.

……각오는 했다.

……이 소리가 난다는 것은 그만큼 엄청난 사태가 발생했다는 뜻이다.

제13주나 제8주의 경보와는 차원이 달랐다.

이곳은 중앙주 도심부——.

가장 완벽한 경비 체제가 갖춰져 있고, 또 그와는 별개로 왕궁에서도 엄선된 부대가 24시간 체제로 순찰을 돌고 있다.

이런 곳에서 경보음이 울려 퍼지다니. 앨리스는 난생처음 보는 광경이었다.

"도로에 경비대가 없어."

"왕궁으로 갔을 겁니다. 이 경보가 울리는 동안에는 일반인은 원칙적으로 밖에 나오지 않습니다. 시가지보다도 왕궁을 지키는 것이 급선무입니다."

"……린."

이게 몇 번째일까.

지난 두 시간 사이에 똑같은 대화를 네다섯 번은 되풀이했을지도 모른다.

"정말로 제국군이 침공했다면, 피해 규모는 어느 정도일까."

"적을 겁니다."

핸들을 쥔 시종이 딱 잘라 말했다.

주인 앞에서 괜찮은 척하는 것이 아니었다. 진심이 느껴지는 말투였다.

"왕궁 외부에 있는 민중과 건조물은 피해를 입지 않을 겁니다. 아니, 정확히 말하자면, 피해를 입히는 것이 불가능합니다."

"…………."

"이곳에 침입한 적은 기껏해야 수십 명입니다. 일반인으로 변장해서 대량의 총기를 반입한다면, 국경에서 소지품 검사를 당할 때 붙잡힐 게 뻔합니다. 검문소를 통과한 것은 결국 권총이나 조립식 자동 소총이 전부일 겁니다. 별것 아니죠."

"……맞아."

미사일 같은 전장 제압형 파괴 병기를 들고 오지는 못했을 것이다.

단순한 전력만 따진다면 성령 부대가 훨씬 우세하다. 기습을 당했어도 피해는 최소한으로 줄일 수 있을 것이다.

"단, 총을 사용하지 않는 제국 병사는 예외입니다."

"……이스카 같은 사람?"

"아뇨. 검 말고 나이프나 맨손을 사용하는 사일런트 킬링이 문제입니다. 사도성 네임리스 같은 자객이 진짜 위험한 적입니다."

"맞아. 분명히 있을 거야. 이번 침공에 그 녀석이 참가하지 않았을 리가 없어."

앨리스와도 무관하지 않은 적이었다.

그 남자에게 허를 찔린다면, 시조의 말예라도 무사하지는 못할 것이다.

"하지만 그만한 실력자가 많지는 않을 거야."

"한 명이어도 충분합니다. 적은 여왕님 한 사람만 노릴 테니까요."

린의 말투에 씁쓸함이 배었다.

"황청 전체의 피해는 적더라도 왕가의 피해는 별개입니다. 국민이 한 명도 안 다쳐도 여왕님께서 쓰러지시면 이 나라는 와해되고 맙니다."

"……그렇지."

제국군의 습격에 의해 루 가문의 신용은 땅에 떨어졌다. 여기서 여왕까지 쓰러지면, 이 나라는 걷잡을 수 없는 혼란에 빠질 것이다.

"앨리스 님, 시가지를 통과하겠습니다."

고급 주택과 상업 빌딩이 밀집해 있는 구역을 빠져나갔다.

갑자기 시야가 확 트였다. 차도도 두 배쯤 넓어졌다. 여기서부터는 공유지다. 넓은 공간에서 경비대 본부가 보이기 시작했다.

"지금부터 시속 100km로 달립니다. 앨리스 님, 안전벨트 꼭 매세요."

"200km도 괜찮아. 린, 서둘러."

저 멀리 지평선에서——.

하늘을 찌를 듯한 네 개의 탑이 붉은 하늘을 배경으로 서 있었다.

이 한밤중에 노을이 지다니? 하고 앨리스가 착각할 정도로 엄청난「붉은색」이 네뷸리스 왕궁을 휘감고 있었다.

"앗?!"

린이 신음을 흘렸다.

"맙소사! 저건, 말도 안 돼. 제국군이 도대체 얼마나 많은 무기를 들고 들어온 거야?!"

"…………어떻게 이런 일이……."

불타고 있었다.

앨리스는 왕국 전용차 차창에 손을 대고 눈앞에 펼쳐진 절망을 쳐다봤다. 눈조차 깜빡이지 못하고.

불길에 휩싸인 네뷸리스 왕궁.

시뻘건 불꽃이 피어오르는 가운데, 여왕궁과 달의 탑을 연결해주는 구름다리『달의 관(冠)』이 요란한 소리를 내면서 붕괴되어 낙하하고 있었다.

"————."

말문이 막혔다.

눈으로 보기 전까지는 은근히 믿는 구석이 있었다.

왕궁에는 유능한 성령 부대가 있고, 또 그들을 지휘할 여왕님을 비롯한 조아 가문과 히드라 가문이라는 시조의 말예도 있으니까.

침공을 두려워할 필요는 없다고 믿었다.

그러나 그것은————.

무의미한 기도에 불과했다. 앨리스는 이제야 그 사실을 깨달았다.

2

네뷸리스 왕궁, 별의 탑.

루 가문의 영토는 현재 소음과 노호로 가득 차 있었다.

여기저기서 발생하는 폭발. 타오르는 불을 끄려고 출동하는 성령 부대와, 잠복하고 있다가 그들을 기습하는 제국 부대.

소규모 전투가 발발하고——.

그러는 사이에도 시뻘건 화염이 빠르게 안뜰의 잔디밭을 태워버렸다.

"첫 번째 목표는 격리된 창고의 연료 탱크. 그 연료를 태워서 대화재를 일으키면 왕궁의 정예군도 쉽게 불을 끄지는 못할 겁니다. ……그렇게 조언해줬는데. 우선 기습에 성공해서 참 다행이야."

"——일리티아 님, 일리티아 님!"

"억지로 쳐들어올 필요는 없어. 성령 부대의 진화 작업만 막아내면 돼. 시간이 지날수록 불길이 점점 커지면서 제국군보다 더 위협적인 존재가 될 거야."

"일리티아 님, 문 열어주세요! 제국군이 쳐들어왔습니다. 어서 피난을————."

자기 방 창가에 기대어.

제1왕녀 일리티아는 희미한 미소를 지으면서 저 아래의 소란을 지켜보고 있었다.

"이제 탈리스만 경만 잘하면 돼. 시스벨을 무사히 붙잡아야 할 텐데."

"일리티아 님! 제국군이 연료 창고를 기습했나 봅니다. 성의 주차장에서 불길이 치솟고 있어요."

문 너머에서 누군가가 소리쳤다.

필사적으로 문을 두드리는 소리. 대신(大臣)일 것이다. 루 가문을 오랫동안 모셔온 측근 중의 측근. 현 여왕이 신뢰하는 신하였다.

"보르스 대신이군요."

"네, 접니다! 일리티아 님! 어서 이쪽으로 오십시오!"

"걱정 마세요."

"……네?"

"당신 먼저 피난을 가세요. 적은 여왕궁을 노리고 있을 테니 가까이 가지 마시고요. 숨으십시오. 비전투원이 다쳐야 할 이유는 없으니까요."

"……이, 일리티아 님은……?"

"저도 나중에 갈 겁니다."

제국군의 침공을 끝까지 지켜보고 나서.

솔직히 그렇게 말하면, 문 너머에 있는 대신은 어떤 표정을 지을까.

"그나저나 사도성은 이제 여왕궁에 도착했을까? 많은 사람들이 다치는 것은 내가 원하는 바가 아니야. 빨리 여왕을 처리해주면 좋을 텐데."

턱을 손가락으로 어루만지면서 잠시 묵고했다.

"나도 슬슬 준비를 해야겠구나."

일리티아의 진심——.

그것은 아무도 이해해주지 않을 것이다. 이것이 자기 나름대로 실행하는 황청 『정화』 작업임을 남들이 몰라줘도 괜찮았다.

"앨리스 님의 성령은 참으로 강력해. 그분이야말로 완벽한 차기 여왕이야!"

"시스벨 님의 성령은 모든 것을 꿰뚫어 보는 전지전능한 힘이야. 이 시대에 필요한 힘은 무력이 아닌 지력이야. 그분이야말로 여왕이 될 만한 그릇이야."

"쉿. 제1왕녀님께서 지나가신다. 들으시면 어쩌려고 그래?"

"…………앨리스, 시스벨, 어마마마."

창틀에 손을 얹고 지상을 바라봤다.

사랑하는 가족들. 정도 들었고, 지금도 그 애정은 분명히 존재했다.

그러나.

자신은 그 가족들 안에서 따돌림 당하는 「외톨이」였다.

"선천적으로 강한 성령을 가지고 태어난 당신들 같은 시조의 말예는 단지 그뿐인데도 신하들에게 칭송을 받았지. 이해하지 못할 거야. 그 모습을 멀리서 지켜보는 내 심정 따윈."

운 좋게 우수한 성령을 타고난 여동생 두 명. 일리티아는 그들이 칭찬받는 모습을 멀리서 지켜봤다.

그리고 견뎌왔다.

신하들끼리 수군거리는 소리를 듣고 싶지 않아서, 눈물을 꾹 참고 자기 방으로 뛰어 들어가서.

침대에 몸을 던지자마자 오열을 삼키지 못하고 흐느껴 울었다.

왜?

왜 나만 이토록 약한 성령을 가지고 태어난 걸까?

——이 심정은 엄마도 모르실 거야.

엄마도 마찬가지니까. 강한 성령을 가지고 태어난 강자는 선천적인 패자의 심정 따윈 절대로 이해할 수 없어.

"시스벨, 너는 이 왕궁에 믿을 만한 부하가 없다고 생각했니? 아냐, 그건 커다란 착각이야. 정말로 그런 부하가 없는 것은 오히려 나야."

여왕이 될 가능성은 없다. 그런 일리티아에게 진심을 다해 충성해주는 사람은 없었다. 나야말로 고독한 인간이었다. 처음부터 패배자로 태어난 것이다.

누구보다도 노력했다.

기품도 지성도 교양도, 노력으로 얻을 수 있는 모든 것을 필사적으로 손에 넣었다. 그래도 제1왕녀는 여왕이 되지 못할 운명이었다.

성령이 너무 약해서.

단지 그것 하나 때문에 일리티아는 패자가 되었다.

"앨리스, 시스벨, 어마마마. 당신들은 틀림없이 『내가 있는 한 이 나라는 패배하지 않는다』고 믿고 있을 테죠? 하지만 그건 큰 착각이에요."

교만한 시조의 혈통이여.

이 황청을 「모든 성령술사의 낙원」이라고 찬양하지만, 그 그늘을 들여다보면 제1왕녀처럼 왕가에서도 배척당하는 패배자가 존재한다는 것을.

그 고뇌를. 그 한탄을. 그 혈루를.

그리고 가장 중요한 것은——.

그런 절망조차 극복해버린 『진정한 마녀』의 강력함을. 이제 뼈저리게 느껴보시길.

"당신들의 불행은 성령이 지나치게 강하다는 것. 그러면 아무것도 바뀌지 않습니다. 새로운 시대를 낳는 것은 불가능해요."

성령술사의 낙원? 그런 것은 현재의 네뷸리스 황청에는 존재하지 않는다.

완전히 허황된 꿈이다.

모든 것은 덧없는 낙원 환상에 불과하니까.

"오늘 밤, 이 왕궁은 불에 휩싸여 스러집니다. 그리고 나는 불을 붙이는 재액의 마녀가 되어도 좋아요. 진정한 낙원을 지향하기 위해서는 그 또한 필요한 것이니까요."

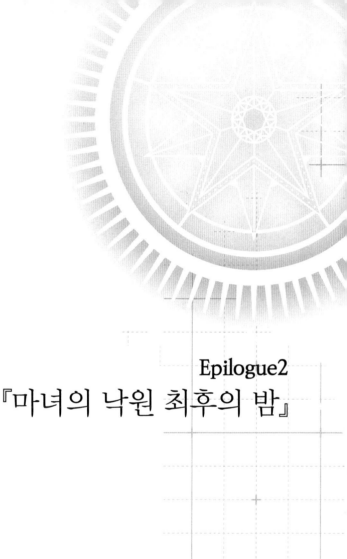

Epilogue2
『마녀의 낙원 최후의 밤』

the War ends the world /
raises the world

1

별의 요새──.

네뷸리스 왕궁은 「별」 「달」 「태양」, 그리고 이 세 개의 탑과 연결된 「여왕궁」으로 구성되어 있다.

핵심은 여왕궁.

성에서는 여전히 불꽃이 활활 타올랐다. 그리고 그 불을 끄려고 모인 성령 부대와, 불을 사수하려는 제국 부대가 격돌하기 시작했다.

"이게 뭐야. 초과학(超科學)이야? 아니면 성령술? 뭐로 지탱되는 거야?"

구름다리 『달의 관』.

허공에 둥둥 떠서 여왕궁과 달의 탑을 연결해주는 유리 통로였다. 천장도 바닥도 모두 유리. 바깥에서 타오르는 불꽃이 환히 내려다보였다.

"이게 별의 요새구나. 역시 성령술로 만들어져서 그런가, 재료도 원리도 알 수 없는 것들이 너무 많아. 이거 여왕궁까지 가려면 고생깨나 하겠는데?"

사도성 제3위 『쏟아지는 폭풍우』 메이.

전투복을 입은 이 여자는 마치 산책 나온 것처럼 느긋하게 걷고 있었다.

"메이 님, 여왕궁 정문은 닫혀 있습니다. 총으로도 부술 수 없습니다."

"응, 알아. 대장아. 그래서 이렇게 빙 돌아서 가고 있잖아."

메이는 히죽 하고 뾰족한 송곳니를 드러내면서 부하를 돌아봤다.

부하는 네 명.

메이가 신경 써서 선발한 대장급 병사들이었다.

"문을 닫은 것만 봐도, 제국군의 침입을 기피한다는 것은 확실히 알 수 있습니다. 침입자에 대한 함정이나 반격 장치는 존재하지 않을 것으로 추정됩니다."

"응, 맞아. 일단 안으로 들어가면 우리가 이기는————어?"

여자 사도성이 고개를 들었다.

멈춰 섰다.

통로를 둘러봤다. 그런데 이 외길 통로 안에는 아무도 없었다. 유리벽 바깥은 고도 20m나 되는 상공. 그런 곳에 사람이 있을 리도 없었다.

"으음…… 아, 그래. 그건가?"

"네? 메이 님?"

"아, 대장아. 거기 위험해."

메이가 유리 천장을 가리켰다.

그 벽이 **소실됐다**. 코르크 마개를 뽑아낸 것처럼 뻥 뚫린 동그란 구멍. 초인적인 동체시력의 소유자인 메이는 머리 위에서 생긴 그 이변을 놓치지 않았다.

극소형 침이다.

성게 가시 같은 보라색 가시. 그것이 박힌 순간, 유리가 사라졌다.

"물체 소실? 공간 자체를 삭제했다면, 시공 간섭 계열인가? 어쨌든 흉악한 기술이네. 만나서 반가워. 아가씨."

파삭…….

유리 파편을 밟으면서 **허공에서 날아 내려온** 소녀가 통로에 우뚝 섰다.

메이 일행의 앞길을 가로막는 것처럼.

"기다렸습니다. 제국 부대 여러분."

안대 쓴 마녀.

13~14세쯤 되어 보이는 소녀였다. 검은 머리카락은 아름답게 반짝거렸고, 입고 있는 드레스는 호화찬란했다. 게다가 인사하는 모습도 사랑스러워서 마치 인형 같았다.

"저는 키싱 조아 네뷸리스 9세라고 합니다."

"순혈종?!"

"드디어 나타났구나……!"

일제히 총구를 겨누는 네 명의 제국 병사.

겁먹은 것처럼 보이기는 해도 실은 이것이 올바른 대응이었다. 숱한 전장에서 사선을 넘나들며 살아남은 대장급 병사들은 경험적으로 잘 알고 있었다.

순혈종이라는 괴물의 무서움을.

"메이 님!"

"응? 아, 보면 알잖아. 저게 성령 부대 제복처럼 보여? 저것은 시조의 말예만 입는 전용 의상이야."

이 어린 마녀는 시조 네뷸리스의 말예.

왕궁으로 돌격한 시점에서 염두에 두고 있었다. 언제 나타날까? 하고.

"아가씨가 맨 처음. **첫 번째**인가. 꽤나 느긋하네? 더 빨리 나타날 줄 알았는데."

"자고 있었습니다."

"푸흡?! 아, 아하하하, 응, 그래. 한밤중이니까 착한 어린이는 잠을 자야지. 맞아, 이거 내가 한 방 먹었네?"

"그러니 사라져주시길 바랍니다. 전 아직 졸리거든요."

술렁. 공기가 표변했다.

방금 웃음을 터뜨렸던 메이의 두 눈에 수상쩍은 위험한 빛이 깃들었다.

한편 검은 머리 소녀는.

"숙부님께서 명령하셨습니다. 왕궁은 얼마든지 파괴해도 되니까 제국 병사를 모조리 토벌하고 오라고."

힘차게 안대를 풀었다.

자수정같이 빛나는 두 눈동자로 제국 병사들을 일별했다.

"배제를 개시합니다."

"좋아, 그럼 가르쳐줄게. 내 별명이 『쏟아지는 폭풍우』인 이유를."

———————

여왕궁, 공중정원——.

낮에는 신하들과 시종들의 쉼터가 되는 곳. 싱그러운 화초 냄새에 둘러싸인 다과회가 날마다 열리는 장소였다.

"보아라. 저 아래의 광경을."

배우처럼 울려 퍼지는 남자의 목소리가 밤의 정원에 녹아들었다.

"지상에서 부풀어 오르는 화염은 마치 밤에 피는 거대한 꽃과도 같구나. 아름답고도 잔혹하며 덧없는 꽃이다. 내일 아침에는 사라져버릴 테지."

밤의 정원을 방문한 손님은 두 명.

소리 내어 말하는 사람은 검은 양복을 입은 가면 쓴 남자.

말없이 귀 기울이는 사람은 안경을 쓴 늘씬한 제국 여군이었다.

"아쉽구나. 참으로 원통해."

"아…… 저기요. 죄송합니다. 모처럼 그물을 쳐놨더니, 여기 나타난 제국 병사가 하필이면 나 같은 송사리라서 많이 실망하셨나 봐요?"

"이 뜨거운 붉은 꽃을 수백 송이쯤 제도에서 피워내기 위한 계획을 세우고 있었어. 그런데 선수를 빼앗겼군. 그것이 못내 아쉬워."

"어휴, 서로 하는 생각이 비슷하네요."

안경 렌즈 너머로.

영리한 두 눈동자를 빛내면서 여자 사도성이 입꼬리를 끌어 올렸다.

"그런데 어쩌실래요? 서로 이름도 모르면 대화하기가 좀 그렇잖아요?"

"아, 그래. 실례했군."

가면 쓴 남자가 천연덕스럽게 어깨를 으쓱했다.

"나답지 않게 숙녀 앞에서 무례한 짓을 했어. 내 이름은 온. 다들 나를 가면 경이라고 부르지. 마음대로 불러도 돼."

"네, 감사합니다. 나는 리샤라고 합니다."

"사도성이지."

"아…… 들켰네요?"

혀를 쏙 내밀고 쑥스러운 것처럼 웃는 리샤.

황청에 쳐들어온 제국 병사의 명확한 도발이었다. 그러나 가면 경은 도발에 응하지 않고 재미있다는 듯이 미소만 지었다.

──서로 간파하고 있었다.

눈앞에 있는 사람이 자신과 비슷한 타입의 책략가라는 것을.

"사도성님께 전할 말이 있어. 우리 당주님의 전언이야."

"오~ 당주님의 전언이요?"

"조아 가문의 당주 그로울리 님의 말씀이야. 우선——."

═══════

"우선 감사를 전한다. 이 별의 운명이 멋진 손님을 데려다주셨
구나."

네뷸리스 황청, 달의 탑.

만월을 본떠 만든 거대한 상야등이 비추는 3층 홀.

계단식으로 구성된 그 홀의 중심에서, 휠체어를 탄 노인이 검
버섯투성이 양손을 들었다.

"나는 40년 전에 다리를 다쳤다. 전장에 나서는 꿈을 더 이상
이루지 못한다는 사실을 알았을 때, 나는 인생 최대의 슬픔에 짓
눌렸다."

『…………』

"고맙구나. 이곳을 찾아와준 자객이여. 나에게 다시 한번 제국
을 멸망시킬 기회를 줘서 고맙다."

조아 가문의 당주 그로울리.

매우 특수한 역습 스타일인 「죄」의 성령 보유자. 이미 일흔이 넘

은 노인임에도 불구하고, 그의 온몸에서 배어나는 노기는 다른 성령술사의 추종을 불허할 정도였다.

그리고 이에 맞서는 사도성──.

이 당주에게 도전하는 제국군 자객도, 그 끝을 알 수 없는 노기에 이끌려 찾아온 투쟁의 아수라였다.

"틀림없이 이름 있는 자일 테지. 나의 존재를 눈치챘을 뿐만 아니라 당당하게 찾아오기까지 했으니. 내 위압을 느끼고도 도망치지 않는 녀석은 흔치 않은데."

『………….』

"특별히 이름을 밝힐 기회를 줄까?"

『흥!』

그 말에 자객은 코웃음을 쳤다.

"이 괴물이 무슨 말을 하나 했더니. 정말 우습구나."

사도성 제8위『보이지 않는 신의 손』네임리스.

온몸을 코트 슈트로 감싼 이 남자가 걸음을 멈췄다. 그리고 낮은 웃음소리를 흘렸다.

『이름을 밝히라고? 착각하지 마라. 마인아. 그것은 인간만 할 수 있는 일이다. 너 같은 괴물은 그냥 얌전히 박멸되어야 할 존재야.』

"괴물? 그것이 공포의 표현이라면, 실제로 나는 그런 존재일지도 몰라. 제국군뿐만 아니라 동지들도 나를 꺼림칙하게 여기니까."

끼익…….

단상에 있는 노인이 휠체어를 움직여 약간 앞으로 나왔다.

단신으로 달의 탑 심부까지 쳐들어온 사도성 네임리스를 뚫어
져라 응시했다.

"업이 많이 쌓였구나."

『……뭐라고?』

"지금부터 속죄의 시간을 가지도록 한다."

3대 혈족 중 하나를 지배하는 노인.

어떤 조건을 충족시켰을 경우에 한해서 이 마인의 성령은 그 무
엇보다도 강력한 힘 중 하나가 된다.

"나는 조아 가문의 당주 그로울리. 이제 너의 죄를 측정해주마."

2

네뷸리스 왕궁, 여왕의 방.

창문으로 흘러 들어오는 차가운 밤바람에 간간이 뜨거운 열파
가 섞였다. 지상의 화염이 상승기류를 타고 이 높은 곳까지 올라
온 것이다.

"진화 작업은 최저한으로 해도 됩니다. 나머지 병력은 탑을 지
키는 데 주력하세요."

여왕의 방에 모여 있는 열두 명.

최강의 호위병인 왕궁 수호성 다섯 명과, 침입자를 사냥하는
유격대 「룰러(지배성)」 일곱 명. 모두 다 강력한 성령을 가지고 태
어나서 전투 경험을 쌓은 진짜 실력자들이었다.

"당신들 열두 명은 하나하나가 성령 부대 대장을 능가하는 권한을 부여받았지요. 그것은 오늘 같은 날을 위해서였습니다."

적은 소수 정예.

그렇게 예측한 시점에서, 밀라베어 루 네뷸리스 8세는 신속히 신하들과 시종들을 피난시켰다.

이 기습은 대규모 섬멸전이 아니다.

"적의 타깃은 여왕궁을 포함한 네 개의 탑의 중요 인물들……한마디로 왕족입니다. 저를 비롯한 시조의 말예들을 노리고 있을 겁니다."

"──저희는 그분들의 곁을 지키다가, 습격해오는 적을 물리치면 되겠군요."

"그렇습니다."

밀라베어는 그들 모두가 볼 수 있도록 힘차게 고개를 끄덕였다.

적은 아마도 사도성이거나 그에 준하는 강한 정예병일 것이다. 시조의 말예라도 일대일로 붙어서 완승하기는 어려울 것이다.

그래서 이 열두 명이 보디가드 역할을 하는 것이다.

"절대로 놓치지 마세요. 포획에 실패하면 일이 복잡해집니다."

인질로 삼아도 좋고, 심문해도 좋을 것이다.

활용법은 얼마든지 있으니까. 자객은 단 한 명도 놓칠 수 없다.

"습격해온 자객은 반드시 쓰러뜨리세요."

"네!"

"──해산. 잘 부탁합니다."

열두 명의 병사들이 흩어졌다.

여왕의 방의 문이 닫혔다. 안에는 밀라베어 여왕이 홀로 남았다. 자신의 왕궁 수호성 두 명은 현재 방 앞의 복도를 감시하고 있었다.

"……휴."

천장을 우러러보고 살짝 한숨을 쉬었다.

지휘는 끝났다. 이제는 믿고 기다리자. 현장의 성령 부대가 최선을 다해주기를.

귀가 아플 정도로 지독한 정적과 긴장감이 느껴졌다.

"이런 긴장감은 도대체 얼마 만에 느껴보는 걸까요."

시간의 흐름이 느렸다.

밤 두 시. 시계탑의 분침이 한 칸 움직일 때마다 마치 한 시간씩 기다리는 듯한 느낌이 들었다.

……제국군 정예 부대는 해 뜨기 전에 결판을 내고 싶어 할 것이다.

……처음부터 총력은 우리가 우세했다. 적의 작전에 넘어가지만 않으면 된다.

아니. 실은 좀 더 빨리.

차녀 앨리스리제가 돌아온다면, 해가 뜨기도 전에 결판이 날 것이다. 그리고 그 딸이 별장에서 이곳으로 귀환하기까지는 이제 30분도 안 남았다.

"이것은 잔물결에 불과합니다. 황청은 흔들리지 않아요."

가슴에 손을 댔다.

두근두근 뛰는 심장을 조금이나마 진정시키려고, 자기 자신에게 들려주듯이 중얼거렸다.

"이곳은 모든 성령술사의 낙원. 아무도 이곳을 더럽힐 수——."

"모든 성령술사? 글쎄, 과연 그게 사실일까?"

은빛 섬광?

너무나 빠른 찰나의 빛. 네뷸리스 여왕은 그것을 보지 못했다.

눈 깜빡이는 것보다도 더 짧은 순간——.

쨍! 하는 금속음이 울려 퍼졌다. 여왕의 방의 문이 잘려 나갔다. 밀라베어가 그 사실을 이해했을 때에는, 이미 눈앞에서 문은 주사위 형태로 완벽하게 절단되어 있었다.

"……앗?!"

파편으로 변해 바닥을 굴러다니는「문이었던 물체」.

내부에 설치되어 있는 기계식 잠금장치도 어느새 싹 잘려나가 무섭도록 매끄러운 단면을 보여주고 있었다.

"네뷸리스 여왕. 맞나?"

발소리는 들리지 않았다.

부서진 문의 분진 속에서 이윽고 누군가가 나타났다. 폭이 좁은 대검을 든 남자였다. 갑주와 코트가 일체화된 특징적인 전투복을 입은 주홍 머리 제국 병사.

"…………."

이 남자가 지나온 통로에서는 자신의 호위병 두 사람이 대기하고 있었을 것이다.

그들은 나타날 기미가 전혀 보이지 않았다. 즉, 「그런 일」이 일어났다는 뜻이다.

……그러나 믿을 수 없었다.

……내 호위병 두 명을 소리 없이 쓰러뜨렸다고?

적이 강하다는 사실을 알았으면 즉시 증원을 요청했을 테고, 또 여왕의 방에 있는 여왕에게도 직접 가세해 달라고 부탁할 수 있었을 것이다.

그런데 그럴 시간조차 없었다고?

얼마나 귀신같이 빨라야 그런 기습이 가능한 걸까?

"나는 요하임이다. 사도성 제1위."

"……뭐라고요?"

숨을 들이켰다. 귀를 의심했다.

사도성 제3위 이상은 천제 직속. 어떤 상황에서도 제도 안에 있는 천주부를 지키면서 천제의 곁을 떠나지 않는다고 했다.

그런 100년 동안의 상식이 깨져버렸다.

"양해를 구해야 하나?"

"입 다무세요. 이 불한당. 내가 누구인 줄 알고 그러는 겁니까."

제국 최강의 병사 앞에서 밀라베어 여왕의 가슴속에 차오른 것은 동요가 아니었다.

흔들림 없는 자신감과 긍지.

"나는 네뷸리스 여왕입니다. 이 나라의 통치자로서 자객을 쓰러뜨릴 겁니다."

"여왕님. **그건 헛된 꿈이야.**"

사도성 제1위가 검을 들어 올렸다.

"이 나라는 낙원이 아니야. 기만적인 꿈은 여기서 끝나고, 세계는 다시 태어날 거다."

마녀의 낙원에 금이 가는 에피소드. 그리고 또 하나의 이야기.

『너와 나의 최후의 전장, 혹은 세계가 시작되는 성전』(너와 나의 전장)도 어느새 6권까지 나왔습니다.

이번 본편이 가장 분량이 많았는데요. 읽어주셔서 감사합니다!

6권의 주제는『한 지붕 아래』입니다.

마녀 자매 앨리스와 시스벨 사이에 장녀인 일리티아까지 끼어들면서 아주 화려한(?) 세 자매의 이야기가 펼쳐졌죠.

그와 동시에 드디어 두 대국의 불꽃 튀는 무대의 막이 올랐습니다.

사도성과 마녀가 경연을 벌이는 7권. 기대해주세요.

그리고…… 초월의 마인에 관한 이야기도 이번에 살짝 나왔는데요. 그의 삶이 조금이나마 드러났을까요? 3권에서 처음 등장할 때부터 그는 밀라베어에게 이상할 정도로 집착했었지요. 은근히 이스카와 앨리스의 관계를 연상시키는 그 두 사람의 운명도 관심 있게 지켜봐주세요.

자, 그럼 만화 소식을 알려드리겠습니다!

영 애니멀이라는 잡지에서 okama 선생님께서 그려주신『너와 나의 전장』만화가 연재되고 있습니다. 만화 버전으로 멋지게 변형된 작품이에요. 이 소설책 6권이 발매된 직후인 12월 26일에 드디어 만화 단행본 1권이 나오기로 결정됐습니다!

만화책 1권과 콜라보해서 제가 쓴 짤막한 에피소드 특전도 나옵니다. 소설과 함께 즐겨주시면 참 좋겠습니다!

그리고『너와 나의 전장』과 동시에 진행 중인 이야기를 여기서 소개하겠습니다.

● MF 문고 J

『어째서 아무도 나의 세계를 기억하지 못하는 걸까?』(어째서 나) 6권이 2019년 2월 25일 무렵에 간행될 예정입니다.

이쪽도 소설과 만화책 1권이 각각 재판을 거듭하고 있습니다. 인터넷에서도 인기를 얻고 있는 시리즈예요.『너와 나의 전장』7권이 나오기 전에 괜찮으시다면 이것도 한번 읽어봐 주시길 바랍니다!

──이 소식과 관련해서 하나 더 말씀드릴 것이 있습니다.

이『어째서 나』의 정보는 물론이고, 실은 기쁘게도 저의 여러 가지 간행물들의 정보를 모아놓은 트위터 계정이 개설됐습니다.

『사자네 케이 프로젝트』(http://twitter.com/sazaneKproject).

다양한 출판사와 미디어의 벽을 뛰어넘어서 제 작품인『너와 나의 전장』소설 및 만화 정보,『어째서 나』소설 및 만화 정보, 또 과거에 나온 시리즈부터 앞으로 나올 시리즈까지, 이 계정을 통해「관계자」가 그런 정보들을 한데 모아주실 겁니다.

괜찮으시다면 이 계정도 같이 즐겁게 봐주시면 좋겠습니다.

최신 간행 정보도 알려드릴 수 있을지도 몰라요!

(저의 개인 계정 https://twitter.com/sazanek에도 간행 정보는 올라옵니다)

그럼 마지막으로 감사 인사를 드리겠습니다.

일러스트레이터인 네코나베 아오 선생님. 장녀 일리티아가 메인인 너무너무 아름다운 표지를 그려 보내주셨죠. 보자마자 눈이 번쩍 뜨일 만큼 멋졌습니다!

담당자이셨던 K 편집자님. 이동하신다는 말씀을 듣고 깜짝 놀랐어요…….

『너와 나의 전장』 기획, 제목 짓기, 캐릭터 설정 등 온갖 분야에서 정말로 신세를 많이 졌습니다. 그동안 감사했습니다.

새로운 담당자 Y 편집자님. 6권을 꼼꼼히 읽고 나서 지적해주시고 또 단편 상담에도 응해주셨죠. 모든 면에서 적확한 말씀을 해주셔서 정말 마음이 든든합니다. 앞으로도 잘 부탁드릴게요!

그리고 다른 누구보다도 6권을 읽어주신 모든 독자 여러분께 진심으로 감사드립니다.

검사 이스카와 마녀 공주 앨리스의 이야기──네뷸리스 왕궁에서 사도성과 성령술사의 치열한 전투가 펼쳐지는 가운데, 별의 운명은 두 사람을 끌어들이면서 더더욱 빠르게 움직일 것입니다.

충격적인 7권을 기대해주세요. 그럼 이만.

2019년 2월 25일 무렵에 발매되는『어째서 나』6권(MF 문고 J).

그리고 봄에 발매될 예정인『너와 나의 전장』7권.

양쪽 모두에서 다시 만나길 기대하겠습니다.

조금 쌀쌀해진 가을밤에, 사자네 케이

https://twitter.com/sazanek ※ 트위터에 수시로 간행 정보
등을 올립니다.

"이렇게 혼란스러운 기분으로 너와 싸우고 싶진 않았어!"
"또 되풀이할 거냐. 그때와 마찬가지로 거짓된 애증을……."

네뷸리스 왕궁이 화염에 휩싸인다.
건국 사상 최초로 마녀의 낙원은 제국군에게 침공을 당했다.
제국군과 네뷸리스 성령 부대가 격돌하고,
마침내 사도성과 순혈종의 무도의 막이 오른다.
전쟁이 심화되는 가운데
이스카와 앨리스가 내려야 할 결단은……?!

지고의 마녀와 최강의 검사의 무도, 제7막.
마녀의 낙원이 흔들릴 때, 미지의 마녀가 움직이기 시작한다!

너와 나의 최후의 전장 혹은 세계가 시작되는 성전 7

KIMI TO BOKU NO SAIGO NO SENJO, ARUIWA SEKAI GA HAJIMARU SEISEN 6
©Kei Sazane, Ao Nekonabe 2018
First published in Japan in 2018 by KADOKAWA CORPORATION, Tokyo.
Korean translation rights arranged with KADOKAWA CORPORATION, Tokyo.

너와 나의 최후의 전장, 혹은 세계가 시작되는 성전 6

2019년 4월 25일 1판 1쇄 인쇄
2019년 5월 1일 1판 1쇄 발행

저   자 사자네 케이
일 러 스 트 네코나베 아오
옮 긴 이 한수진
발 행 인 유재옥
본 부 장 조병권
담당편집자 조찬희
편   집 김다솜 김민지 박은정 이문영 이성호 정영길 조찬희
라이츠담당 박선희 오유진
디 지 털 최민성 박지혜
발 행 처 ㈜소미미디어
제 작 처 코리아피앤피
등   록 제2015-000008호
주   소 서울시 마포구 토정로222, 403호 (신수동, 한국출판콘텐츠센터)
판   매 ㈜소미미디어
마 케 팅 한민지 한주원
전   화 편집부 (070)4164-3962, 3963 기획실 (02)567-3388
             판매 및 마케팅 (070)4165-6888, Fax (02)322-7665

ISBN 979-11-6389-470-4 04830
ISBN 979-11-6190-511-2 (세트)